向島・箱屋の新吉

梅若の涙雨

小杉健治

角川文庫
22644

目次

第一章　涙雨

一

隅田堤《すみだづつみ》の三囲《みめぐり》神社を過ぎ、長命寺《ちょうめいじ》の前に差しかかると、左右から桜の花の枝が頭上に迫《せ》り出し、薄紅色の花に覆われた道は木母寺《もくぼじ》の手前まで続く。隅田堤の桜は八代将軍吉宗《よしむね》によって増植され、江戸《えど》一番の花見の賑《にぎ》わいである。

飛鳥山《あすかやま》は桜は大きいが少し遠く、ほど近い道灌山《どうかんやま》は桜は少なく、上野《うえの》は酒宴が禁じられており、この向島《むこうじま》に花見客はどっと繰り出し、あちこちで酒宴が催されている。

長命寺の前に設《しつら》えた葦簾《よしず》張りの茶店では向島の芸者衆が交替で出て、甘酒を売っていた。芸者といってもみな年配だ。

名高い料理屋がたくさんある向島には芸者もいるが、盛りを過ぎた者ばかりで、葉桜芸者と呼ばれていた。向島には柳橋《やなぎばし》や神田《かんだ》、日《に》本橋《ほんばし》などから旦那《だんな》衆が小粋《こいき》な芸者を連れて遊びにくることが多く、競いあうのを避けるために盛りの過ぎた芸者しか置いていない。

ところが、そんな向島にたったひとり、若く、美しい芸者がいた。『桔《き》梗家《きょうや》』のお葉《よう》である。お葉は二十二歳だ。

そのお葉が今茶店に出ている。芸子島田に座敷着のお葉が、甘酒の入った湯呑《ゆの》みを床几《しょうぎ》に座った客に運んで行く。鼻の下を伸ばした男たちが店の前に列をなしていた。

茶店の前に群がっているのは男たちだけではない。娘から年増まであるところに視線が注がれている。

視線の先にいるのはお葉を見守って茶店の脇にいる新吉《しんきち》だった。新吉はお葉付きの箱屋である。

箱屋というのは芸者の三味線の入っている桐の箱を出先の料理屋に持ち運ぶところからきているが、箱屋の仕事はそれだけではない。座敷着の着付けを手伝ったり、その他の雑用をこなすのだ。

新吉は二十八歳、切れ長の目にすっとした鼻筋、どこか翳《かげ》のある細い顔だが、役者のような色気がそこはかとなく漂っている。唐桟の着物に博多《はかた》献上帯、尻《しり》を端折《はしょ》り、すらりとした立ち姿も女たちの目を引くようだ。

新吉は女たちの視線から逃れるように目を横に向けたとき、編笠《あみがさ》をかぶった侍が桜の樹の陰に立っているのに気づいた。

新吉を見て、侍は編笠を人差し指で押上げた。

「平岡《ひらおか》……」

新吉は思わず呟《つぶや》いた。

男は踵《きびす》を返し、長命寺の裏門に向かった。

新吉はその場を離れ、男の後を追った。久しぶりに見る姿は少し肥えたようだ。そのぶん、貫禄《かんろく》が出ている。

裏門から境内に入ると男が本堂の脇で待っていた。本堂には参詣《さんけい》人が並んでいる。

新吉は近づいた。

「平岡伊《い》一郎《いちろう》……」

「久しぶりだ」

伊一郎が口を開いた。

「暮に、俺の家を訪ねたそうだな」

新吉はきいた。

「あいにく留守だった。そなたが、岸から見送っていたのに気づいたが……」

茂助《もすけ》から聞いて追いかけ、竹屋《たけや》の渡しで船で去って行くのを見送ったのだ。

「なぜだ？」

新吉はなぜ会いに来たのだときいた。

「風の便りで、油木《ゆき》新次郎《しんじろう》が江戸に戻っていると聞いたのだ」

「だからと言って会いにくることはないだろう」

新吉は冷たく言う。

「そのつもりだった。だが、そなたが向島で箱屋になっていると聞いて信じられなかった。そのことを確かめたかった」

伊一郎はやりきれないように、

「まさか、油木新次郎が箱屋になっていたとは」

と、首を横に振った。

「俺はもはや油木新次郎ではない、新吉だ」

「箱屋の新吉か」

伊一郎は痛ましげに言い、

「そなたほどの男が女のために藩を辞めるなんてもったいない。帰参する気はないか。俺が話を……」

「ない」

新吉はきっぱり言う。

「このまま箱屋を続けて行くつもりか」

「そうだ」

「この先、どうなるのだ？　俺は、おまえが箱屋のまま生きて行くことに耐えられない」

「俺は今の暮しが気に入っている。心配しなくていい」

「そなたをこんなにしたのは……」

「それを言うな。済んだことだ」

「……」

「それよりご妻女どのは御達者か」

「ああ、元気だ」

「そうだ、あのとき、妻女どののお腹にお子がいたな」

「うむ。男の子だった。今、七歳だ」

伊一郎は間を置いてから、

「そなたは所帯は？」

「いや、独り身だ」

「お葉という芸者、小紫《こむらさき》によく似ているな」

伊一郎は新吉の顔を見つめた。

「いつ江戸に？」

新吉は伊一郎の問いを無視してきいた。

「去年の五月だ。参勤交代でやってきたのだ」

「じゃあ、殿と一緒ということか。五月に帰るのか」

「そうだ。ただ、いずれ若殿付になるかもしれない」

「小太郎《こたろう》君の？」

「うむ」

伊一郎の表情が曇った。

「それは出世か」

伊一郎は仙北《せんぼく》藩大藤《おおふじ》家の同僚で、新吉と同じ殿の傍に仕える近習番《きんじゅばん》だった。

「小太郎君はお幾つになられた？」

「当時、十六歳だったから、今は二十四歳になる」

「小太郎君が藩主になられるのは近いのか」

「来年には家督を継ぐかもしれない。去年、小太郎君は正室を迎えられた」

「そうか、それはめでたい」

新吉は色白の繊細な感じの小太郎を思いだし、

「小太郎君はいい藩主になられるだろう」

「ああ、そう思う」

伊一郎は頷《うなず》いて言う。

「殿は御達者なのか」

「ああ。まだ隠居するのは早いと思うが」

そう答えたあとで、

「藩のことが気になるのではないか」

と、伊一郎は探るようにきいた。

「いや、そなたと会ったからきいてみただけだ。それに、俺はもう武士のような不自由な暮しは御免だ」

新吉は伊一郎の早呑《はやの》み込みを牽制《けんせい》するように言った。

「殿はときおり、そなたの話をする。そなたがその気なら帰参は……」

伊一郎が言いかけた言葉にかぶせて、

「俺とおまえは住む世界が違うのだ。もう、会うのはやめよう」

と、制した。

「待て」

伊一郎はあわてて言う。

「すまない。戻らないと」

と、新吉は口にした。途中で出てきてしまった茶店が気になる。

「今度、家を訪ねる」

「いや、もうおまえとは他人だ。会わぬほうがいい」

新吉は突き放すように言った。

「そうはいかぬのだ」

伊一郎は渋い顔をした。

「何かあったのか」

「向山五平太《むこうやまごへいた》を知っているか」

「一度、会ったことがある。まさか」

「そうだ。奴が動いている」

「……」

「改めて、そなたを訪ねる」

「わかった」

新吉はしぶしぶ答えてから、急いで茶店に戻った。

お葉目当ての客がまだ長い列を作っていた。

さっきの場所に立って、新吉はお葉を見守る。酔っぱらった狼藉《ろうぜき》者がお葉に手出しをするかもしれない。新吉はお葉の用心棒でもあった。

しかし、新吉の脳裏から伊一郎の言葉が離れない。向山五平太は幡多《はた》忠次郎《ちゅうじろう》を斬った男を捜している。八年前のことを未《いま》だに根に持っているのだろう。

お葉が笑顔でこっちにやって来る。大年増の芸者と交替したのだ。とたんに、長い列が崩れていく。新吉は向山五平太の思いを振り払い、お葉を迎えた。

「お疲れさまです」

新吉は声をかける。

「楽しかったわ」

お葉は微笑んで、

「でも、女のお客さんは新さん目当てだったみたいね」

と、からかうように言う。

「いえ、そんなことはありませんよ」

新吉は興味ないように言い、

「じゃあ、引き上げましょうか」

「ええ」

取り仕切っている料理屋の女将《おかみ》に挨拶《あいさつ》をして、新吉とお葉は長命寺の前から秋葉《あきば》神社の参道の近くにある芸者屋『桔梗家』に戻った。

格子戸を開けて狭い土間に入ると御神灯が吊《つ》るしてある。

「姐《ねえ》さん、戻りました」

新吉は奥に声をかける。

「姐さん、お帰りなさい」

仕込みっ子のお琴《こと》が迎えに出た。

「じゃあ、姐さん、あっしはまたあとで参ります」

「お茶でも呑んでいけば」

お葉が引き止める。

「へえ、ちょっとやり残したことがありますので。夕方に早めに参ります」

新吉は言い、土間を出た。

新吉の家はそこから近い場所にある。

家に帰り、寒々とした部屋に上がって落ち着いた。ひとりになって、考え事をしたかったのだ。

伊一郎とは八年ぶりの再会だった。苦い思いしかないが、恨みには思っていない。

それより、向山五平太のことだ。

伊一郎の話では、向山五平太は伊一郎のところにも近づいているようだ。八年前の友の仇《かたき》を討とうとしているのか。

戸が開く音に、新吉は我に返った。

「新さん、いたか」

顔を出したのは茂助だった。五十で、小さな顔に無数の皺《しわ》がある。元竹屋の渡しの船頭で、今でもときたま船を漕《こ》いでいる。新吉も何度か船を出してもらっていた。

「とっつぁん、どうしたんだ？」

「いや、じつはまた、いつぞやのお侍と会ったんだ。だから、長命寺の前にいると思いますと教えてしまったんだが」

「そうか。それでか」

新吉は伊一郎があの場所に現われたわけがわかった。

「会ったぜ」

「そうか。そいつはよかった」

茂助はほっとしたように言ったあとで、

「あのお侍と何かあったのか」

と、急に顔色を変えて心配そうにきいた。

「昔の知り合いだ」

「やっぱり新さんはお侍だったんだな」

「昔のことさ」

新吉は首を横に振って言う。

「いやなことを思いださせてしまったか」

茂助はすまなそうに言う。

「そんなことはねえ。気にしないでくれ。わざわざ、そのことを気にして来てくれたのかえ」

「ああ。邪魔したな」

茂助が引き上げようとしたが、ふと思いだしたように振り返った。

「新さんは梅若《うめわか》伝説を知っているか」

「謡曲の『隅田川《すみだがわ》』だな。かどわかされた梅若丸と母親の話だろう」

仙北藩士だったとき、殿はよく下屋敷に能楽師を呼んで能を演じさせていた。そのときは、近習番《きんじゅばん》の新吉もいっしょに観た。

『隅田川』もそれで知った。

「梅若伝説がどうかしたのかえ」

「三月十五日が梅若丸の忌日だ。この日、塚のある木母寺で梅若丸供養の大念仏が行なわれるのだ」

「大念仏？」

「どうだね、よかったら行ってみねえか。向島の住人として、大念仏の賑《にぎ》わいを見ておいても損はねえぜ」

「そうだな。とっつぁんは行くのか。行くなら、いっしょに」

新吉は頼んだ。

「じつは俺も行ったことはねえんだ。だから、一度、どんなものか見てみようと思ってな。じゃあ、いっしょに行こう」

茂助は引き上げた。

新吉は改めて、向山五平太のことを考えようとしたが、部屋の中は暗くなっていた。そろそろ『桔梗家』に行く刻限になっていた。

新吉は頭を切り換え、家を出た。

二

『桔梗家』に行くと、新吉は座敷に上がり、敷居の前で膝《ひざ》をついて主人のお波《なみ》に挨拶をして居間に入った。お波は長火鉢の前に座っていた。

「新さん、ごくろうさん」

お波は四十過ぎだが、御数寄屋町《おすきやまち》の売れっ子芸者だったという面影がある。浅草田原町《あさくさたわらまち》にある商家の旦那《だんな》に落籍《ひか》されて、向島に住むようになった。そして、その旦那が亡くなったあと、料理屋の『大村家《おおむらや》』の主人から向島でも若い芸者を育てたいという頼みを受けて芸者屋の看板を上げたのだ。

「お葉姐さんは？」

「二階だよ」

二階にお葉の部屋がある。

お葉が階段をおりてきた。昼間の座敷着のままだった。

「姐さん、着替えなかったんですか」

新吉は驚いてきいた。

「ええ、面倒だからこのままに」

お葉は微笑んだ。

茶を飲みながら、

「三月十五日は木母寺で梅若丸供養の大念仏が催されるようですね」

と、新吉はさっき茂助から聞いた話を持ち出した。

「木母寺はそもそも梅若丸の塚を供養するために造られたんだからね」

お波が長煙管《ギセル》を手に話しだした。

「梅若丸は木母寺の辺りで死んだんですね」

「そうよ」

お波は木母寺の起源を語りだした。

時代は平安中期。梅若丸は洛陽《らくよう》北白川《きたしらかわ》吉田《よしだ》少将《しょうしょう》惟房《これふさ》の子であったが、五歳のときに父を亡くし、七歳で比叡《ひえい》山の月林寺《がつりんじ》に入って修行した。才に優れた梅若丸は仲間の妬《ねた》みを買い、身の危険を覚え、山を出て北白川の家に帰ろうとして大津《おおつ》の浦に迷い出た。そこで陸奥《みちのく》の信夫《しのぶ》藤太《とうた》という商人《あきんど》に出会い、騙《だま》されて東のほうに連れて行かれた。そして、隅田川までやってきた梅若丸は途上で病に罹《かか》って、藤太に見捨てられて命が果てた。貞元《じょうげん》元年（九七六）三月十五日のことである。たまたまこの場に通りかかった忠円阿闍梨《ちゅうえんあじゃり》が里人と共に亡骸《なきがら》を葬り、塚を築いた。目印に柳の木を植えた。

梅若丸が死ぬ間際に詠んだ歌がある。

〈たずね来て問わば答えよ都鳥　すみだ河原の露と消えぬと〉

翌年の三月十五日、梅若丸を捜しに隅田川までやってきた母が里人の念仏を聞いて訊《たず》ねると、我が子の塚であることを知る。母が里人とともに念仏を唱えていると、塚の陰から梅若丸が現われた。

やがて、梅若丸の姿は夜明けとともに消えた。母は忠円阿闍梨に会いに行き、梅若丸が現われたことを告げた。忠円阿闍梨は母の頼みを聞き入れ、この地に草堂を建てて住み、梅若丸の菩提《ぼだい》を弔った。

「これが木母寺の始まりと言われているのさ。毎年三月十五日の忌日には梅若塚の大念仏が行なわれるんだけど、この日は雨が降ることが多く、梅若の涙雨と言われているの」

　お波はそう言った。

「江戸っ子はこういう母子の悲しい話に弱いんだろうね。梅若忌には大勢のひとがやってくるのさ」

「お波姐《ねえ》さんも行くんですかえ」

「その日はどこの料理屋も忙しいからね」

　お波も座敷に呼ばれるらしい。木母寺の境内にも料理屋がある。また、対岸に渡れば吉原《よしわら》なので、大念仏にかこつけて羽を伸ばす男たちも多いのだと、お波は言った。

　日が暮れてきて、

「姐さん、そろそろ」

　と、新吉は声をかけた。

お葉は立ち上がった。

「じゃあ、行ってきます」

お葉が土間で下駄《げた》を履くと、お波が縁起棚から火打ち石をとってお葉の背中に切り火をかけた。

新吉は三味線の箱を抱えてついて行く。今夜の出先は三囲神社の近くにある『桜《さくら》家《や》』で、大川《おおかわ》のほうに向かった。西の空は夕焼けに赤く染まっていた。

「姐さん、きょうは『天野《あまの》屋』の旦那だそうですね」

「ええ」

「また、柳橋から連れて来ているんでしょうか」

新吉は浮かない顔できいた。

「さあ、聞いていないけど」

『天野屋』の旦那徳兵衛《とくべえ》は、いつも柳橋の芸妓《げいぎ》美代次《みよじ》を連れてくる。江戸一の名花と称される美代次を連れてくるのは見栄《みえ》ばかりではない。向島で評判のお葉と、美と芸の競い合いをさせようという魂胆なのだ。

料理屋『桜家』の裏口から入り、勝手口に行くと、女中頭のお豊《とよ》が出てきた。

「お願いします」

新吉が挨拶《あいさつ》をする。

「姐さん、よろしく。もう、『天野屋』の旦那はいらっしゃってます」

お豊がはきはきした声で言う。

「また、美代次姐さんもいっしょですか」

新吉はきいた。

「ええ。それともうひとり」

「誰ですか」

「お国《くに》姐さんよ」

「そうですか」

一度、お国は向島に来たことがある。

お国は吉原の芸者だった。常磐津《ときわず》の富本松太夫《とみもとまつだゆう》の娘で、十六歳のときに吉原の見番の『大黒《だいこく》屋』に厄介になったという。

お国は新吉を油木新次郎だと言い当てた。新吉は否定したものの、お国は信じ込んでいた。

そのとき、お国はこう言った。

「こうしてお目にかかれてうれしいわ。小紫さんと相思相愛の仲だと知ってはいても、心惹《ひ》かれたものです。ですから、油木さまが、旗本の幡多忠次郎を斬って江戸を離れたと聞いたとき、とても驚きました」

さらに、お国は続けた。

「小紫さんの願いは、油木さまの栄達だったんですよ。箱屋をしているなどと知ったら、さぞかし」

新吉ははっきり言った。

「あっしはこの仕事を誇りをもってやっています」

そう言ったが、お国はまだ新吉にこだわっているのだろうか。それとも、単に『天野屋』の旦那《だんな》の供なのか。

「じゃあ、またあとでお迎えにあがります」

新吉はお葉に声をかけて勝手口を出ようとしたとき、

「あら、ここはいけませんよ」

と、背後でお豊の声がした。

「いいじゃありませんか。新吉さんに用があるんです」

その声に、新吉は振り返った。

野太鼓の敏八《びんはち》だった。野太鼓とはどの花街にも籍を置かず、客のご機嫌をとる一匹狼の太鼓持ちだ。

「新吉さん」

敏八が近づいてきた。四十近いが、洒脱《しゃだつ》な男だ。

「『天野屋』の旦那が新吉さんと一献交わしたいと仰《おっしゃ》っているんです。座敷にこられませんか」

「とんでない。あっしはしがない箱屋でございます」

新吉はやんわりと断った。

「いつぞやはお顔を見せてくれたじゃありませんか」

敏八はにやつきながら言う。

「あのときは……」

上客である徳兵衛の無理強いに『桜家』の女将《おかみ》も異を唱えることが出来ず、新吉は女将の頼みを聞き入れて座敷に行ったのだ。

「何卒、ご勘弁を。どうか、『天野屋』の旦那によしなに」

新吉は腰を折って言う。

「そんなこと仰らずに。じゃないと、あっしが旦那に殺されてしまいます。ほんの顔見せだけでも」

敏八は大仰に泣きそうな声で言う。

「申し訳ありません」

新吉は丁重に断った。

「さあ、敏八さん。こんなところにいてはいけませんよ」

お豊が敏八の腕をとった。

新吉は頭を下げて勝手口を出た。

薄闇の庭の植込みの脇を通って裏口に向かいかけたとき、敏八が追いついてきた。

「新吉さん、ちょっとおききしたいことがあるんです」

新吉は立ち止まった。

「なんですね」

新吉はおやっと思った。敏八の顔つきが違う。幇間《ほうかん》のものではなかった。

「新吉さん、おまえさんは油木新次郎さんですね」

敏八は鋭い声で切りだした。

「いえ」

新吉はとぼけた。

「隠したってだめですぜ。菊五郎《きくごろう》似の色男だと、当時は評判だった。あっしはまだ新米で廓《くるわ》内の噂にも疎かったが、それでも油木新次郎の話は耳に入っていましたぜ」

「あっしは箱屋の新吉です」

「向山五平太さまをご存じですかえ」

「一度だけ、会ったことはあります」

「向山さまは油木新次郎に斬られた幡多忠次郎さまの親友です。幡多さまといっしょに油木新次郎と対峙《たいじ》したお方です」

敏八はにこやかな顔だが、目つきは鋭い。

「向山さまはおまえさんは幡多さまを斬った油木新次郎とは別人だと言ってました。どういうことなんでしょうか」

「あっしには何のことか」

新吉はしらを切り通す。

「おまえさんが油木新次郎ならば忠次郎を斬ったのは油木新次郎ではないことになります。それとも、おまえさんはほんとうに油木新次郎ではないんでしょうかね」

敏八は鋭くきいた。

「申し訳ありません。あっしにはお答えのしようがないので」

「八年前、幡多忠次郎さまを斬って、油木新次郎は逐電したという噂でした。でも、幡多さまを斬ったのが油木新次郎でなければ、江戸を離れる必要はなかったんです。なぜなのでしょうか」

敏八は執拗《しつよう》に追及してきた。

「油木新次郎が逐電したために、花魁《おいらん》の小紫は不幸な最期を迎えた」

「敏八さん。どうしてそんな話をあっしに?」

「噂の油木新次郎が江戸に舞い戻っているならお会いしたいじゃありませんか」

「そういえば敏八さんは向山五平太とはどのようなご関係なんですか」

新吉はきいた。

「たまたま出会っただけです」

「どこで?」

「吉原ですよ」

「吉原に向山五平太が?」

「そうです」

そう言ってから、

「おっと、いけない。早く座敷に戻らないと『天野屋』の旦那に叱られちまいます」

敏八は額をぽんと叩《たた》いた。その瞬間から幇間の顔に戻った。

「新吉さん。今度はぜひ、『天野屋』の旦那の座敷に顔を出してください。よろしいですね」

「待ってください」

しかし、敏八は素早く勝手口に戻って行った。

向山五平太は幡多忠次郎を斬った男を見つけようとしているようだ。平岡伊一郎にも近づいたのだ。

しかし、敏八がどうして首を突っ込んでくるのか。新吉は重たい気持ちで、いったん芸者屋の『桔梗家』に戻った。

半刻《はんとき》（一時間）あまり後に、新吉は再び、『桜家』に戻った。

勝手口で待っていると、女中頭のお豊がやってきて、

「お葉さん、『天野屋』の旦那たちを見送りに竹屋の渡し場まで行くそうです」

と、教えてくれた。

「わかりました」

新吉はすぐ『桜家』を出て、三囲神社まで先回りをした。

境内で待っていると、ひとの話し声が聞こえてきた。敏八の声だ。それに、美代次の声がかぶさる。

やがて『天野屋』の旦那《だんな》の一行が鳥居の前に差しかかった。後ろから、『桜家』の女将《おかみ》とお葉がついていく。

お葉の表情が強張《こわば》っているように思えた。

美代次とお国が鳥居の前で手を合わせた。

新吉は植込みの陰に身を隠していた。また、一行はぞろぞろ歩きだす。土手には夜桜見物の酔客がちらほら見えた。

一行は土手を下って竹屋の渡し場に向かった。

提灯《ちょうちん》をつけた屋根船がゆっくり船着場に近づいてきた。横付けされると、徳兵衛がお葉と女将に声をかけた。

美代次とお国が先に船に乗り、続いて敏八、最後に徳兵衛が乗り込む。

船頭が棹《さお》をついて船を岸から離した。お葉と女将は船が川の真ん中まで出て行くまで見送っていた。

お葉と女将が戻ってきた。

三囲神社の鳥居の前で、お葉は女将と別れ、境内に入って行った。

拝殿の前に立ち、鈴を鳴らして手を合わせた。新吉はお参りが終わるのを待って、声をかけた。

「姐さん」

「新さん」

お葉が小走りに駆け寄った。

「お座敷で何かあったんですかえ」

「……」

「ひょっとして、あっしのことが話に？」

お葉の顔がこわばった。

「そうなんですね」

「ええ」

「何を言っていたんですかえ」

「新さんは油木新次郎というお侍だったということ」

「やっぱり、そうですか」

新吉は呟《つぶや》いた。

「新さんは油木新次郎さんなのね」

「姐さん。誰が何を言ったかわかりませんが、あっしは箱屋の新吉です」

新吉はお葉の目を見てきっぱり言う。

「お国姐さんがこんなことを言っていたの。私が小紫さんによく似ているって」

「……」

「小紫さんって誰ですかってきいたら、敏八さんが新吉さんにきいてみるといいと。ねえ、小紫さんって誰？」

新吉は返答に詰まった。

「ねえ、なぜ、黙っているの？」

お葉が新吉の腕をとって迫った。

お国と敏八はつるんで、お葉に新吉の正体を知らしめようとしているのだ。その背後に、美代次がいるに違いない。

狙いは、お葉と新吉の仲違《なかたが》いか。

いつかはほんとうのことを話さなければならないとは思っていたが、こういう形で告げねばならないことは望んでいなかった。

「私は新さんがどのような生き方をしてきたかなど気にしないわ。今の新さんを信じているし……。でも」

　お葉は悲しそうな目になって、

「新さんは私が小紫さんに似ているから、いろいろ尽くしてくれるの？　ねえ、新さん。どうなの？　私は小紫さんの身代わりなの？」

「姐《ねえ》さん。そうじゃねえ」

　新吉はあわてて言う。お葉はすべてを聞いているのだろう。今さら隠し立てしても無駄だ。

　鳥居に人影が現われた。夜参りのようだ。ふたりは、石碑が並んでいるほうにある桜の樹のほうに移動した。立ち止まって、新吉は口を開いた。

「姐さん、仰《おっしゃ》るとおり、あっしは油木新次郎です。十年前、殿のお供で江戸にやってきました。小紫は吉原の花魁《おいらん》でした。油木新次郎とは恋仲……」

「待って。新さん」

　お葉は口をはさんだ。

「もういいの」

「えっ？」

「新さんがほんとうのことを話してくれようとしたから、それでいいの。昔は昔。

小紫さんが好きだったのは油木新次郎さま。私は今の新さんが……」

お葉はあとの言葉を濁した。

「姐さん」

新吉は思わずお葉の肩を抱き締めようとした。だが、ようやくのことで思い止《とど》まった。芸者と箱屋の関係だ。踏み越えてはいけない。

ふと、桜の花びらがふたりの間に舞い降りてきた。新吉とお葉は無言で見つめ合っていた。

三

旧暦の三月十五日、梅若丸供養の大念仏の日である。

今にも降り出しそうな空模様だ。それに、墨堤《ぼくてい》の桜もだいぶ散っていた。それでも、まだ花見客は多く、三味線の音に合わせて仮装の人々が踊っている一団もいた。

木母寺に向かうひとがぞろぞろと歩いている。対岸の橋場《はしば》から渡し船でやってきた善男善女も木母寺の境内に吸い込まれて行く。

新吉は茂助とともに木母寺にやってきた。朝から境内にたくさんの参詣《さんけい》人がいた。

女たちが新吉に気づくと、熱い眼差《まなざ》しをそそいでいる。

「新さんがうらやましいぜ。見てみろ。あの女たちの目つきを」

茂助が笑いながら言う。

「別にあっしを見ているわけじゃない」

新吉は冷めた声で言う。

「ばか言え。あの女も、あっちの女も新さんを見ている。菊五郎似の色男だ。俺も、おめえみたいに生まれていたら、どんなに面白い生き方をしてこられたか」

茂助はため息混じりに言う。

「とっつぁんだって、若い頃は女をさんざん泣かしたんじゃねえのか」

新吉は笑って言う。

「ばかいえ。俺は死んだ女房一筋だった」

茂助は真顔で言ったあと、

「そういえば、新さんもそうだな。その気になれば、たくさん面白《おもしれ》え夢を見られるだろうに、お葉姐さんにしか興味がねえようだ」

と、不思議そうに言う。

「とっつぁん、俺は箱屋だ、お葉姐さんとはそんな関係じゃねえ」

箱屋は、さんざん道楽を尽くしてきた男の成れの果ての仕事と言われている。だから、新吉はいろいろなひとから、おまえさんほどの男がどうして箱屋などをしているのだと、不思議がられている。

「とっつぁん、お葉姐さんを守っていくことが俺に与えられた使命だと思っているのだ」

「新さんはそういう男だ」

茂助は苦笑した。

「それにしても大層な人出だ。母と子の悲しい物語は江戸っ子の心を捉《とら》えて放さないのだな」

茂助は言ってから、

「この日は雨がよく降るってほんとうだな」

と、黒い雲に覆われた空を見上げた。

「梅若の涙雨っていうそうだけど」

「そうだ」

本堂から念仏の声が聞こえる。僧侶《そうりょ》と一般の男女がいっしょになって念仏をとなえている。その念仏が堂内から外にまで轟《とどろ》いていた。

本堂の横手に梅若丸を祀《まつ》った塚がある。大勢のひとが祠《ほこら》に向かって手を合わせている。涙を拭《ぬぐ》っているひともいた。

平安中期の遠い昔の話なのに、いまだに人々の心を打つのだ。

茂助の顔があるところに向かっていた。その視線の先に、地味な身形《みなり》の四十歳前後とおぼしき女が手を合わせていた。

「おさんさんだ」

新吉は気づいて口にした。

「さっきからずいぶん熱心に拝んでいるな」

茂助もおさんを見て言う。

おさんは白鬚《しらひげ》神社の近くにある料理屋『はな里《さと》』の下働きの女だった。『はな里』はお葉の出先のひとつだ。

「とっつぁんも、おさんさんを知っているのか」

「ああ、知っている。『はな里』の下男と気が合うので、よくそいつのところまで遊びに行くんだが、そんとき顔を合わせた。さあ、俺たちもお参りをしよう」

新吉と茂助は祠に向かい合掌した。

手を下ろしたとき、おさんを見た。まだ、手を合わせていたが、ふと涙がこぼれているのに気づいた。女として、梅若丸の母親の気持ちが胸に響いたのだろうか。

それにしては真剣な表情に思える。

「おさんさん、泣いていたけど」

と、新吉は口にした。

「梅若の母親の悲しみが胸に堪《こた》えたのだろうよ。梅若のことを思って涙する者は多い」

茂助は頷《うなず》きながら言う。

本堂に行ったが、中はひとがいっぱいで入れなかった。念仏の声が胸に響くように轟いている。

回廊もひとがいっぱいだ。新吉の予想を超えた賑《にぎ》わいだった。ひとから押されながら回廊から堂内のご本尊に手を合わせた。

階段を下りた。ますます空は暗くなってきた。

「降られないうちに帰るとするか」

茂助が言った。

新吉もさっきから女のひとの視線が気になって落ち着かなかった。菊五郎に似ているから人目を引くのだろう。

「引き上げよう」

新吉も応じた。

このような天候なのに、あとからどんどんひとが押し寄せてくる。

境内から土手に差しかかったとき、

「おさんさんだ」

と、茂助が口を開いた。

前方を行くのは確かにおさんだ。悄然《しょうぜん》とした歩き方だった。

「なんだか元気がなさそうだ」

新吉は気になった。おさんにも子どもがいたのかもしれない。今はおさんはひとり暮しだ。そんな身の上ゆえ、梅若丸の母親の悲嘆が我が事のように感じられたのか。

「どうかしたのかな」

茂助が心配して、

「声をかけてみる」

と、足を急がせた。

「おさんさん」

茂助が呼びかけると、おさんは立ち止まった。

「ああ、茂助さん。それに新吉さん」

おさんは振り返って軽く会釈をした。頬が痩《こ》け、目《め》尻《じり》に皺《しわ》が多い。鬢《びん》に白いものが目立つ。

「おさんさん、どうかしたのかえ」

茂助がきいた。

「えっ？ 何がですか」

おさんが驚いたようにきき返した。

「梅若塚で泣いていたようなので」

少し間があってから、

「梅若が不《ふ》憫《びん》で、つい」

と、おさんは照れたように言った。

「そうですかえ」

いっしょに歩きながら、

「おさんさんは梅若忌にいつも来ているんですか」

と、新吉はきいた。

「いえ、はじめてです。向島に来たのは一年ほど前でしたから」

おさんは答える。

子どもがいるのではないか。どういう事情で向島に来たのか。きいてみたかったが、立ち入ったことをきくのにためらいがあった。

白鬚神社が見えてきた。

「じゃあ、私は」

料理屋『はな里』に向かうおさんと別れた。

「あれは別の涙じゃねえかな」

新吉は思いついて言う。

「どうして、そう思うんだ？」

「いや、梅若が不憫だと思っても、所詮《しょせん》大昔の話だ。あんなに嘆くとは思えないんだ。自分にも同じようなことがあったんじゃ……」

新吉はおさんに何があったのか気になった。

茂助と別れ、新吉は秋葉神社にほど近い場所にある芸者屋の『桔梗家』に顔を出した。

「新さん、いらっしゃい」

仕込みっ子のお琴がいつものように大人びた物言いで声をかけてきた。

新吉は敷居の前で膝《ひざ》をついて挨拶《あいさつ》をし、居間に入った。お波が長火鉢の前に座って長煙管《ギセル》で煙草を吸っていた。

「木母寺はどうだったね」

お波がきいた。

「たいそうなひと出でした」

「みな、梅若と母との話に胸を打たれて涙しているだろう？」

「ええ、泣いているひとが目立ちました。ところで、きょうの出先はどちらで？」

「『はな里』さ」

「『はな里』ですって」

新吉は思わず声を高めた。

「どうしたんだい、そんなに驚くことはないだろう。何度も行っているんだし」

「そうじゃないんです。梅若塚の前に『はな里』の下働きのおさんさんがいらっしゃいましたが、泣いていました。でも、胸が打たれて涙していたにしては、おさんさんの姿が痛々しく感じられて」

「そう、おさんさんが……」

お波は表情を曇らせた。

「何か。おさんさんのことでご存じなんですか」

「おさんさんも梅若の母と同じ境遇なのさ」

「同じ境遇と仰《おつしや》いますと、おさんさんも子どもをかどわかされたことが？」

「かどわかしではなく、女衒《ぜげん》に売ったのさ」

「……」

「五年前、貧しさから十二歳の娘を女衒に売ったそうよ」

「吉原ですかえ」

新吉は胸をしめつけられながらきいた。

「ええ。一年前に娘に会いたい一心で江戸に出て来たそうなの。娘が勤めるはずだった吉原の遊廓《ゆうかく》に行ったら、娘はいなかった。女衒の男を捜し出し、わけを問い質《ただ》したら、松戸宿《まつどしゆく》を出て、江戸川《えどがわ》の渡し場に向かう途中で強盗に襲われ命を落としたと」

「なんと」

新吉は息が詰まりそうになった。

「その女衒は自分も大怪我を負い、半年間も養生を余儀なくされたので、知らせにいけなかった。怪我をした上に遊廓から金ももらえず、俺だって被害者だとうそぶいていたそうよ。それからおさんさんは死のうとして橋場にある鏡ケ池《かがみがいけ》に飛び込もうとしたところを、たまたま通りがかった『はな里』の旦那《だんな》に助けられたんですって」

「では、故郷に帰らず、ずっと向島で?」

「『はな里』の旦那から聞いた話では、亭主が死んで、ひとりぼっちになって、出てきたんですって」

「そうだったんですかえ」

「梅若丸の最期を自分の娘と重ね合わせているのでしょう」

「でも、妙ですね」

新吉は口をはさんだ。

「何がだえ」

「女衒の話ですよ」

新吉は首をひねりながら、

「強盗に襲われたってことですが、強盗が娘を殺したってことに引っ掛かります。娘を買った金はすでに母親に渡り、女衒は大金は持っていなかったんじゃないですかえ。強盗にとっちゃ娘をかどわかしてどこぞに売り飛ばしたほうが金になるじゃありませんか」

「それもそうだねえ」

お波も頷《うなず》いた。

「それに、娘が殺されたのなら、松戸宿で亡骸《なきがら》をどこぞのお寺に葬っているんじゃないでしょうか」

「じゃあ、新さんは娘は生きていると？」

「わかりませんが、もし、娘がほんとうに死んでいるなら、おさんさんは松戸宿の娘を葬ったお寺の近くで暮らすんじゃありませんか」

「そうだねえ」

「もしかしたら、どこぞの岡場所にいるかもしれませんね」

「まさかねえ」

お波が首を横に振ったとき、

「姐《ねえ》さん、お世話さま」

階段を下りて、髪結いが挨拶をした。

「ご苦労さん」

お波は声をかけた。

「新さん、お願いね」

芸子島田に結い終えたお葉が髪結いの女に続いて階段を下りてきて言う。

「へい」

新吉は立ち上がった。

隣の部屋に行き、お葉が座敷着に着替えるのを手伝う。お葉は新吉の着付けに合わせて体の向きを変え、手を上げる。手際よく、新吉は襦袢《じゅばん》から桜の花びらをちりばめた裾《すそ》模様のついた着物を着せていく。

新吉は今まで知らなかったが、裾模様のついた着物を着ることが出来るのは吉原芸者だけなのだ。

お波から吉原芸者と他の土地の芸者の格の差を聞いて驚いた。芸者というのは幕府公認の吉原芸者だけで、他の土地では町芸者という。

だから、町芸者が吉原芸者と同じ格好は出来なかった。ところが、向島のお葉だけは特別だった。

吉原に準じる扱いが許されている。

最後に帯をぎゅっと締め、

「お疲れさまでした」

と、新吉は声をかける。

「ありがとう」

お葉はしゃきっとし、隣の部屋を覗《のぞ》き、

「姐さん、行ってきます」

と、三つ指をついた。

「ちょっとお待ち」

お波が立ち上がり、お葉の簪《かんざし》を挿し直してやった。

「いいわ」

お波はお葉の全身を眺め、満足そうに言った。

お葉は土間に向かい、下駄《げた》を履くと、お波が縁起棚から火打ち石をとってお葉の背中に切り火をした。

「行ってらっしゃい」

「行ってきます」

新吉は三味線の入った長箱を抱えてお葉について行く。

どんよりした空だが、まだ雨は降り出していなかった。だいぶ花は散り、葉が目立っているが、桜の季節で向島に出かける客も多く、この時季は昼間からお座敷がかかるのだ。

「姐さん、土手はひとが多いですから裏道を行きます」

出先の『はな里』は白鬚神社の近くにある。

「ええ」

料理屋の主人や女将《おかみ》からは、出来るだけひと目につくようにしてもらいたいと言われているが、お葉は自分を見せびらかすことが嫌いなのだ。

『はな里』は黒板塀に囲われ、大きな二階家の料理屋だ。門から入り、庭木戸を通って勝手口から入る。

「お葉姐さん、どうぞ」

女中頭が声をかける。

新吉は控えの間まで三味線を運び、箱から出し、

「じゃあ、姐さん、またあとで」

新吉は女中頭にも挨拶《あいさつ》をして勝手口を出た。

井戸で水を汲《く》んでいるおさんを見つけて、新吉は近づいた。

「おさんさん」

「あら、新吉さん」

「先ほどはどうも」

新吉は言い、

「ちょっと今、お話をしてもよろしいですか」

と、きいた。

「はい」

おさんは疲れたような顔を向けた。

「さっき、梅若塚の前で泣いていらっしゃったのがとても気になりましてね」

「……」

「じつはお波姐さんから、娘さんのことをお聞きしました」

新吉は正直に打ち明けた。

「そうですか」

おさんは表情を曇らせた。

「詳しい話をお聞かせ願えませんか」

「いいえ」

おさんは首を横に振り、

「もうおさわは戻ってこないのです。その話はご勘弁を」

と、目を伏せた。

「娘さんはおさわというのですか。おさわさんを預けた女衒《ぜげん》の名を教えていただけませんか」

「女衒の名を？」

「ええ、ちょっと確かめたいことがありまして」

「確かめるって何をですか」

「おさわさんは強盗に襲われて殺されたということですね」

「はい」

「どこで死んだのかを……」

「松戸宿の近くだそうです」

「亡骸をどうしたのでしょうか」

「村人が葬ってくれたそうです。でも、松戸宿の周辺を探しまわりましたが、手掛かりは摑《つか》めませんでした」

「そこで死んだという証《あかし》はなかったのですね」

「はい」

「ひょっとして、女衒は他のところに娘さんを売ったのかもしれません。そのことを言えないために、死んだと嘘を」

「おさわは生きているとお思いですか」

「わかりませんが、私はどこかで生きているような気がしてならないのです」

「……」

「だから、女衒を問い質《ただ》してみたいのです」

「どうしてそこまで？」

　おさんは不思議そうにきいた。

「おさんさんの涙を見たせいかもしれません。もし、娘さんが生きているなら、ぜひ会わせてやりたいと思ったのです」

　おさんは涙をため、

「こんな私のために……」

　と、絶句した。

「おさんさんが梅若の母親のように思えたのかもしれません。こういう気持ちになったのも、木母寺の大念仏に顔を出したせいかもしれません」

おさんは顔を上げ、

「簑助《みのすけ》です」

と、口にした。

「簑助……。吉原の女衒ですね」

新吉は確かめる。

「はい。田町《たまち》一丁目に住んでいました」

九年前、吉原の花魁《おいらん》小紫のところに通っていた頃、かなりあくどい女衒がいたと聞いている。かどわかし同然で連れてきた娘を高値で売り飛ばすことをしていた男だ。証はないが、その男が簑助のような気がした。

「新吉さん、簑助は狡賢《ずるがしこ》い男です。ほんとうのことを喋《しゃべ》ってくれるかどうか」

「会ってみなければわかりません」

新吉はそう言ってから、

「おさんさん。必ず、願いは叶《かな》います。どうか、望みを捨てずに」

「新吉さん、ありがとう」

おさんは深々と頭を下げた。

新吉はそう言い、おさんと別れた。

四

翌日の朝、新吉は竹屋の渡しで、対岸の山谷《さんや》堀《ぼり》の船宿に着いた。日本堤《にほんづつみ》に沿った田町一丁目で、簑助の住まいをきいた。簑助は有名なようで、すぐにわかった。

格子戸の小奇麗な二階家だ。かなり贅沢《ぜいたく》な造りだ。女衒はそんなに儲《もう》かるものなのかと、驚きを禁じ得なかった。

格子戸を開け、

「ごめんなさいまし」

と、新吉は中に呼びかけた。

足音がして、若い男が現われた。

「新吉と申します。簑助さん、いらっしゃいますか」

「へえ、どんな御用で？」

「取手《とりで》のおさんさんの娘のおさわさんのことだとお伝えください」

「おさわさんですね」

そう言い、男は奥に向かった。

しばらく待たされて、色白のにやけた感じの男が出てきた。三十七、八か。唇が紅を塗ったように赤い。

「簑助ですが」

上がり框《がまち》に立ったまま、簑助は静かに言う。人当たりはよさそうだが、目の奥が暗く冷たい感じだった。

「向島で箱屋をやっています新吉と申します」

「ほう、箱屋さんですかえ。おまえさんのような若いひとが箱屋を？」

簑助は不思議そうにきいた。

「へえ。縁を持ちまして、箱屋に」

「その箱屋さんがあっしに何か」

簑助は腰を下ろしてから促した。

「おさんさんのことで、お伺いしたいのですが」

「おさん？」

簑助の顔色が変わった。

「五年前、取手からおさんさんの娘のおさわさんを買ってきたことがありましたね」

「……」

簑助は顔をしかめた。

「おさわさんが強盗に襲われて命を落としたそうですが、そのときのことをお聞かせ願えないかと思いまして」

「話すようなことはありませんぜ」

簑助は突き放すように言う。

「襲われたことはほんとうなんですかえ」

「嘘だと？」

人当たりのよさそうな顔がふてぶてしい形相に一変した。

「いえ、そうではありません。襲われたときの様子を知りたいだけなんです」

新吉はなだめるように言う。

簑助は新吉を睨《にら》みつけるように見て、

「ずいぶん前のことだからな」

と、呟《つぶや》くように言った。

「手に入れた娘を強盗に奪われたのです。さぞ悔しかったでしょうね」

新吉は簑助の顔色を窺《うかが》う。

「俺も怪我を負われたんだ」

「おさわさんは殺されたのですかえ」

新吉はもう一度きく。

「母親に話したとおりだ」

「どんな強盗だったのでしょうか」

「腕っぷしの強い大柄な連中だ。三人いた。俺も命からがら逃げたが、怪我を負ってしばらく養生をしなくてはならなくなった」

顔をしかめて、簑助は言ったあと、

「なんで、おまえさんはそんなことをきくんだ？」

と、不審そうな顔をした。

「せっかく、手に入れた娘を殺されたんじゃ、あなたは大損でした。それにしては、あまり騒いだ様子は見られなかった。なぜ、なんですかね」

新吉は鎌をかけた。

「さっきも言ったじゃねえか。俺も怪我をさせられたのだ。泣き寝入りをするしかなかったんだ」

「ほんとうはどこか別の場所に売り払ったんじゃないですか」

新吉は迫った。

「おいおい、なんてことを言うんだ。それじゃまるで俺が嘘をついているように聞こえるじゃねえか」

簑助は口元を歪《ゆが》め、

「おさわは器量のよい娘だった。吉原が一番高く売れるんだ。他の岡場所に連れて行くわけはねえ」

と、憤然と言う。

「そうですか。強盗に襲われた場所はどこなんですね」

「松戸宿だ。江戸川の渡し場に向かう途中だ」

「五年前のいつでしたか」

「秋だったな」

「五年前の秋ですね。襲われたあと、宿場役人に訴えたのですね」

「なぜ、そんなことをきく？」

簑助は不快そうな顔をした。

「おさわさんが殺されたのだとしたらどこで供養されているか知りたいんですよ」

「たぶん、亡骸《なきがら》は強盗がどこかに運んだんだ。強盗にきかなきゃわからねえ。さあ、とっとと帰ってもらおう」

簑助は立ち上がった。

「当然、宿場役人に訴えたのですよね」

新吉はもう一度きいたが、簑助は答えず奥に向かった。

若い男が立ちふさがった。

「帰ってもらいましょう」

「わかった」

新吉は土間を出た。

やはり、何か簑助は隠しているようだ。

強盗に殺されたというのは嘘で、簑助がおさわを手にかけた……。いや、大事な商売物にそのような真似をするとは思えない。商売物に手を出すような男だったら、あのような家を構えられるほどにはなっていないだろう。

やはり、どこかに売ったのだ。

新吉は日本堤に沿って隅田川に向かい、途中にある西方寺《さいほうじ》に寄った。

三《み》ノ輪《わ》の浄閑寺《じょうかんじ》と同じく投込寺で、吉原で亡くなった遊女は菰《こも》に包《くる》まれて墓穴に投げ込まれる。

ここに小紫が眠っている。自害した小紫はここに投げ込まれたのだ。遊女の共同墓地の前に立ち、新吉は手を合わせた。

八年前、新吉は油木新次郎という仙北藩の近習番士《きんじゅばんし》だった。殿の供で江戸にきたとき、吉原の『大菱《おおびし》屋』の花魁《おいらん》小紫と親しくなった。殿が国に帰る際、女と別れらずに藩を辞めた。浪人になっても用心棒をして金を稼ぎ小紫に会いに行った。小紫が立て替えることも多々あった。

だが、ある事件が起き、小紫にほとぼりが冷めるまで江戸を離れると伝え、新吉は上州《じょうしゅう》に向かった。

上州では博徒の親分のところに世話になり、賭場《とば》の用心棒や女郎屋の見張り、そして最後は高崎《たかさき》の花街で過ごした。

江戸を離れて三年後、江戸から来た商人《あきんど》から小紫が死んだことを聞いた。身請けの話が出て、断れないと悟った小紫は自害して果てたという。

江戸を離れて七年、侍を捨て、名も新吉と改め、江戸に戻ったのだ。

自分と出会ったために小紫の運命を変えてしまったと、新吉は慙愧《ざんき》に堪えなかった。

江戸に行ったら向島は三囲神社の近くにある『桜家』の主人仙四《せんし》郎《ろう》を訪ねろと、花街の客だった絹織物業を営む主人が言ってくれた。

仙四郎を訪ねたところ親身になって相談に乗ってくれた。そして、新吉を芸者屋『桔梗家』の主人お波に引き合わせてくれたのだ。

新吉が箱屋になる決心をしたのは『桔梗家』の芸者お葉の化粧を落とした素顔が小紫に瓜《うり》二つだったからだ。

遊女たちの供養塔に手を合わせてから、新吉は向島に戻った。

向島に着いてから、新吉は水戸《みと》家下屋敷の裏手にある小さな小屋にやって来た。まだ、昼前だ。

「とっつぁん、いるかえ」

新吉は戸を開けて声をかけた。

「おう、新さんか」

茂助は煙草をすっていた。

「昨日はご苦労だった」

そう言ってから、茂助はきいた。

「また船か」

「いや、そうじゃねえんだ。上がらせてもらう」

新吉は部屋に上がった。四畳半一間に台所がついている。

「どうした、何かあったのか」

茂助が煙管《キセル》の雁首《がんくび》を灰吹に叩《たた》いてきいた。親子ほど歳が離れているが、ふたりは気が合った。

「じつは、おさんさんのことだ」

新吉は切りだした。

「お波姐《ねえ》さんから聞いたんだが、おさんさんは五年前に娘を女衒《ぜげん》に売ったそうだ」

去年、娘会いたさに江戸に出てきたが、娘は吉原にいなかった。五年前の秋に松戸宿の江戸川の渡し場に向かう途中で強盗に殺されたという話をした。

「じつは、強盗の話に引っ掛かって、簑助という女衒に確かめに行ったんだ。どうも、簑助の話が信用出来ない」

「強盗の話だな」

「おさんさんは松戸宿に行き、尋ね回ったが、強盗に十二歳の娘が殺されたという話は誰も知らなかったそうだ。簑助は宿場役人に訴え出ていないようだ。簑助は強盗が亡骸をどこかに運んで始末したのだろうと言っていたが、信用出来ねえ」

「確かに怪しいな」

茂助が顔をしかめた。

「簑助が吉原以外の岡場所に連れて行ったのではないかと思うんだが、吉原より高く買ってくれるところがあるだろうか」

新吉は疑問を口にした。

「そうよな」

茂助は首を傾げて、

「江戸以外かもしれねえぜ」

と、言った。

「江戸以外？」

「そうだ。大坂《おおさか》、京《きょう》、伊勢《いせ》などから来ていた女衒と松戸宿で出会い、吉原以上の金を出すっていうので、そっちに売ったってことも考えられる」

「なるほど」

新吉は唸《うな》って、

「遠いな。だが、そうだとしたら生きていることは十分に考えられそうだ」

「だが、ほんとうにそうか確かめねえとな」

「松戸宿まで行ってくるか」

新吉は呟《つぶや》く。

「新さんには仕事があるじゃねえか。松戸宿なら新さんの足なら日帰り出来そうだが、向こうでの調べに手間どれば、泊まらなくてはならなくなる」

茂助が口を入れた。

「仕込みっ子のお琴に代わってもらうことも出来るが、ふつかは……」

新吉は困惑した。

「俺が行ってこよう」

茂助が言う。

「とっつぁんが？」

新吉はびっくりしてきいた。

「そうだ」

「でも」

「まだまだ、若い者には負けねえ」

「今でも船を漕《こ》げるんだ。とっつぁんの体は心配してねえが、五年前のことをききまわるのはかなり骨だ」

「なあに、なんとかならあな」

茂助は胸を叩いた。

「そうだな」

新吉は迷った。

「梅若塚で泣いていたおさんさんは、娘のことを思いだしていたんだ。会えるものなら会わしてやりてえ」

「俺も同じ気持ちだ」

新吉は応じてから、

「じゃあ、とっつぁんに頼むとする」

「任せておけ。明日《あした》にも出立する」

茂助は意気込んで言った。

新吉はいったん自分の家に戻り、すぐ支度をして『桔梗家』に行った。

きょうも昼間に座敷がかかっていた。『桔梗家』に着くと、ちょうど髪結いが帰るところだった。

「ごくろうさまです」

髪結いを見送ってから、新吉は部屋に上がった。

居間に行き、新吉は長火鉢の前に座っているお波に、

「昨夜、おさんさんから娘の話を聞き、今朝女衒に会いに行ってきました」

と、話した。

「まあ、それで茂助さんが松戸宿まで……」

お波は目を丸くしたあと、

「そう、茂助さんがねえ」

と、微苦笑した。

「お波姐さん、茂助さんに何か」

「聞いていないのかえ。いつぞや、茂助さんが言っていたんだよ。おさんさんは死んだおかみさんによく似ているんだって」

「えっ、そうなんですか」

そこまで読むことは出来なかったと、新吉は胸に温かいものが広がった。

「ねえ、さっきから何の話？」

そばで黙って聞いていたお葉が口をはさんだ。

「姐さん、着付けしながらお話しします。そろそろ、支度をしますかえ」

新吉は着替えるように促した。

「わかりました」

お葉は立ち上がった。

隣の部屋で、おさんの娘の話をしながら、新吉はお葉に座敷着を着付けていった。

五

三月十七日早朝、朝陽は昇ったばかりだ。南町定町廻《みなみまちじょうまちまわ》り同心梶井《かじい》扇太郎《せんたろう》は、柳橋にある第六天《だいろくてん》神宮に駆けつけた。鳥居の前に岡っ引きの伝八《でんぱち》が立っていた。

扇太郎は三十五歳で、肩幅が広く、がっしりした体で、四角い顔もいかめしいので威圧感があった。伝八は三十二歳。小柄で、敏捷《びんしょう》そうな男である。

「こっちです」

待ちかねたように言い、伝八は先に立った。

鳥居を潜り、本殿の脇にある小さな稲荷《いなり》の祠《ほこら》に向かった。その祠の裏側で男が倒れていた。

扇太郎がホトケの傍に立つと、伝八の手下が莚《むしろ》をめくった。

扇太郎はしゃがんで手を合わせてからホトケを検《あらた》める。色白のにやけた感じの顔だ。三十七、八か。唇が紅を塗ったように赤い。

「袈裟《けさ》懸けか。死んで半日は経っていそうだな」

扇太郎は見立てて言い、

「身許《みもと》はわかったのか」

と、きく。

「へえ、吉原の女衒《ぜげん》で簑助という男です」

伝八が答える。

「女衒か。どうしてすぐ名前がわかったんだ?」

「男が倒れているのを見つけた者が知っていました」

「誰だ?」

「お国という芸者です。毎朝、この稲荷の祠にお参りにくるそうです」

伝八は説明する。

「その芸者はホトケと知り合いなのか」

扇太郎は眉根《まゆね》を寄せてきく。

「いえ、顔を見かけたことがあっただけのようです」

「客で来ていたわけではないんだな」

「ええ。お国は吉原から鞍替《くらが》えをしたそうです。吉原にいたとき、何度か見かけたことがあるそうです」

「お国は？」

扇太郎はきいた。

「今、芸者屋に戻っています」

「お国はいつも朝早くにお参りをしているのか。それとも、今日は特別だったのか」

「いつも朝早くお参りをしているそうです」

「そうか」

「旦那《だんな》、何か」

伝八が不思議そうにきいた。

「お国が死体を見つけたのはほんとうに偶然だったか。吉原にいた芸者が吉原の男の死体を見つけたということがちょっと引っ掛かったんだ」

「ということは？」

「お国は下手人に心当たりがあるのではないか」

「さあ、そのようには思えませんでしたが」

「まあいい、あとで、お国に確かめてみよう」

「へい」

「昨夜の騒ぎに気づいた者はいなそうだな」

明け方まで発見されなかったのは、誰も異変に気づいていなかったのだろう。だが、ホトケや不審な人物を見かけた者がいるかもしれない。

「今、手下に聞き込みをさせています」

伝八が言う。

「財布は？」

「なくなっていました」

「物取りに見せかけているのかもしれぬ。それにしても、ホトケは何のためにここに来たのか」

扇太郎は神社を見まわした。

「ここで、誰かと待ち合わせたのかもしれませんね」

伝八が言う。

「吉原からだと少し離れている。ここを指定したのは簑助ではなく、待ち合わせの相手かもしれぬ。あるいは、この付近の料理屋か船宿で待ち合わせをしていたとも考えられる。この付近の料理屋と船宿を全部当たるんだ」

「へい」

そこに、伝八の手下が近づいてきた。

「親分。簑助のところの若い者です」

知らせを受けて簑助の弟子が駆けつけてきたことを、手下が告げた。

「よし、こっちだ」

伝八は若い弟子をホトケの傍に連れて行った。

莚をめくると、若い男の体が震え、

「親方」

と、茫然《ぼうぜん》と呟《つぶや》いた。

「簑助に間違いないか」

伝八は確かめた。

「へえ、簑助親方です。いってえ、何が……」

弟子は狼狽《ろうばい》している。

「簑助といっしょに住んでいるのか」

扇太郎がきいた。

「へえ、厄介になっています」

弟子は頭を下げて言う。

「昨夜、簑助はどこに出かけたかわかるか」

「いえ、行先を告げずに、出かけました」

「簑助にかみさんは？」

「おりますが、おかみさんも知りませんでした」

「そうか」

扇太郎は頷《うなず》き、

「近頃、簑助に変わったことは？」

「いえ、特には……。ただ」

「ただ、なんだ？」

「昨日の昼間、やっぱり行先を告げずに出かけました。いったん帰ってきて。また夕方に出かけたのです」

「昼間はどこに行ったか、想像もつかないか」

「わかりません。あっ」

弟子は思いだしたように、

「昨日の朝、客がきました。もしかしたら、そのことかも」

と、口にした。

「客は誰だ？」

「へえ、確か新吉って言ってました」

「新吉？」

扇太郎は聞き覚えのある名に、

「どんな男だ？」

と、きいた。

「へえ、二十七、八のいい男でした」

「役者の菊五郎に似ていなかったか」

「へえ、そうです」

「箱屋の新吉か」

扇太郎は困惑した。

「旦那。また、新吉絡みですぜ」

伝八が顔をしかめた。

それから一刻《いっとき》（二時間）後、扇太郎と伝八は秋葉神社にほど近い新吉の住まいを訪ねた。古い家だ。

戸を開けると、部屋で新吉が着替えを済ませたところだった。

「これは旦那に親分さん」

新吉は挨拶《あいさつ》をする。

「もう仕事か」

扇太郎がきく。

「へえ、この時期、昼間からお座敷がかかります」

新吉は上がり框《がまち》までやって来て、

「きょうは何か」

と、きいた。

「吉原の女衒《ぜげん》の簑助を知っているな」

「へい」

新吉は不審そうな顔をした。

「家を訪ねたそうだが、どんな用だったんだ？」

「旦那。簑助に何かあったんですかえ」

新吉は厳しい表情になった。

「今朝。柳橋の第六天神宮で、殺されているのが見つかった」

「なんですって」

新吉は唖《あ》然《ぜん》としている。

「殺されたのは昨夜だ。刀で斬られていた。財布がなくなっていたが、物取りとは思えぬ。誰かと待ち合わせていたように思える」

「まさか、殺されるなんて」

「そなたが簑助を訪ねたあと、簑助はどこぞに出かけたそうだ。そこで誰かと会い、夜の第六天神宮で会う約束になったのではないかと思える」

「なるほど」

新吉は頷き、

「じつは、あっしは簑助にある娘のことをききに行ったのです。料理屋の『はな里』で下働きをしているおさんさんの娘が……」

と、おさわのことを話した。

「ほんとうにおさわが殺されたのか確かめに行ったのです」

「生きているかもしれないと思ったのか」

「ええ。おさんさんから聞いた簑助の話に曖昧《あいまい》な点が多かったのです。強盗に殺されたとしても、亡骸《なきがら》はその土地のお寺に葬られているのではないか。おさんさんにお寺の話もしていないのは妙だと思いましてね」

「簑助はなんと？」

「自分も大怪我を負い、その間の様子がわからない。娘は殺されて亡骸をどこかに運ばれて棄て去られたのかもしれないと言ってました。母親に言っていることと違うんです」

「そなたはどう思っているのだ？」

「吉原より高く売れるところがあったのではないかと」

「そうだとしても、なぜ、簑助はそのことを隠すのだ？　吉原との関係で、話せなかったのか」

「わかりません」

新吉は首を振った。

「そのことと簑助が殺されたことと何か関わりがあるとしたら、おさわという娘の売り飛ばし先に秘密がありそうだな」

扇太郎は思案げに言う。

「あっしが訪ねたことで簑助が動いたとすれば、おさわの売り飛ばし先に出かけたと考えられます」

新吉はさらに続けた。

「ただ、五年前のことが今になってどう影響しているのか、想像出来ません」

「そうよな。しかし、この件は調べてみる必要がある」

扇太郎は言い、

「強盗に襲われたのはどこなのだ？」

と、確かめた。

「江戸に向かって松戸宿を過ぎ、江戸川の渡し場に向かう途中だということです。今日、茂助とっつぁんが松戸宿まで調べに行っています」

「茂助が？」

扇太郎は元竹屋の渡しの船頭の茂助の顔を思いだした。

「へえ、三月十五日の梅若塚大念仏のとき、おさんさんが泣いていたんです。そのわけを知って放っておけなくなったようです」

「そうか。茂助はいつ帰ってくるのだ？」

「日帰りはきつそうですから、明日《あした》か明後日《あさって》になるかと思いますが」

「よし、茂助の調べによっては我らが松戸宿まで行ってみよう。邪魔したな」

扇太郎は土間を出た。

「どんなところに売ったんでしょうね」

伝八が首をひねり、

「新吉が訪ねたって、殺しに発展するとは思えませんがねえ」

「何か俺たちには思いつかない何かがあったのだ。ともかく、おさんに会ってみよう」

扇太郎と伝八は白鬚神社の近くにある料理屋『はな里』にやってきた。

勝手口にまわり、女中頭におさんを呼んでもらった。

竈《かまど》の前にいた四十年配の女がおさんだった。おさんは手を拭《ふ》いて、勝手口を出てきた。

「南町の梶井扇太郎だ。こっちは伝八」

扇太郎は名乗ってから、

「女衒の簑助のことでききたいことがある」

と、切りだした。

「娘を簑助に売ったそうだが、その話を聞かせてくれぬか」

「はい」

おさんは戸惑いぎみに、

「五年前に、娘のおさわを簑助さんに十五両で売りました。吉原の大きな遊廓《ゆうかく》に連れて行くというお話でした。それから四年経った去年、娘にひと目会いたくて江戸に出て来て吉原に」

でも、おさわはいなかったと言い、簑助を訪ねたところ、娘が死んだと聞かされたと口にした。

「おさわは強盗に襲われて殺されたというのです。どこで殺されたのかときいたら、松戸宿を出て渡し場に向かう途中だと。でも、宿場役人に訴えもせず、亡骸がどこに葬られたのかも知らないというのです。いくらきいても埒《らち》が明かず、泣き寝入りをするしかありませんでした」

「おまえさんは自分の娘は死んでいると思っているのか」

「わかりません。生きていて欲しいと願っていますが、生きていたとしても、どこにいるかもわかりません。簑助さんが話してくれれば」

おさんは厳しい顔つきになって、

「お願いです。簑助さんにほんとうのことを話すように言ってください」

と。訴えた。

「いや、無理だ」

扇太郎は首を横に振る。

「どうしてですか。私は娘にひと目会いたいだけなんです。娘の居場所を知っているのは簑助さんだけなんです」

「落ち着いて聞くのだ。簑助は昨夜《ゆうべ》殺された」

「えっ」

おさんは息を詰まらせた。

「何があったのですか」

「今、それを調べているところだ」

「娘のことと何か関係があるかもしれないのですか」

「わからぬ」

「簑助さんが死んでしまったら、もう誰も行方を知る者はいなくなりました」

おさんは涙混じりに話した。

「簑助は誰かに話しているかもしれぬ」

　扇太郎は言い、

「あるいは簑助を殺したのは娘の件に関わっている者かもしれぬ。娘の手掛かりがまったくなくなったわけではない」

「ほんとうですか」

　おさんは興奮してきた。

「それより、そなたは、なぜ向島にいる？　なぜ、娘が死んだという松戸宿で供養をせぬのだ」

「それは……」

「娘は生きているのだな」

「はい。ここにいれば、いつかおさわに会える。そう思っています」

「会えると信じているのか」

「はい。梅若丸の母どのが夢に出て来て言ったのです、梅若塚を見守っていれば、いつか娘に会えると」

　扇太郎は眉根《まゆね》を寄せ、

「そうか。何かわかったら知らせよう。邪魔した」

と言い、『はな里』をあとにした。

「可哀そうに、おさんはまともではない」

扇太郎は痛ましげに言う。

伝八も厳しい顔で黙って頷《うなず》いただけだった。

「だが、おさわは生きているかもしれない」

簑助はおさわをどこに連れて行ったのか。

ふたりは吾妻橋《あずまばし》を渡って、吉原に向かった。


扇太郎と伝八は吾妻橋を渡り、北馬道町《きたうまみちまち》を通って、田町一丁目にやって来た。

簑助の家に行くと、簑助の亡骸《なきがら》は帰っていて、奥の座敷で北枕に寝かされていた。

その前で、若い妻女から話を聞いた。色っぽい雰囲気は遊女上がりを思わせた。

「新吉という男が訪ねたあと、簑助は出かけたそうだが、どこに行ったのかはわからないのだな」

「はい。何も言いませんでした」

「いつも外出先は言わないのか」

「そうでもありませんが」

妻女は首を軽く振る。

「外出先から帰ってきて、簑助はまた夕方に出かけた。このときも行先は言わなかったのだな」

「はい」

「簑助は柳橋の第六天神宮で殺されたのだ。その場所に思い当たることはあるか」

「いえ、ありません」

「五年前の秋、簑助は取手のある村で……」

「旦那《だんな》」

妻女は上目づかいで口をはさんだ。しなをつくるような仕種《しぐさ》は習性なのだろう。

「私が簑助と所帯を持ったのは三年前なんです。ですから、五年前のことは……」

「そうか。なら、去年の春、おさんという女が簑助を訪ねてきたが、知っているか」

「いえ、知りません」

妻女はあっさり言う。

「簑助が殺されたことで何か心当たりはないか」

「ありません」

妻女は亡骸に目をやり、

「女の生き血を吸って生きてきたようなひとですからね。結局、天罰が下ったんでしょうよ」

　と、しんみり言う。

「簑助と親しい男は？」

「同じ商売の嘉助《かすけ》さんとは親しくしていました」

「嘉助はどこに住んでいる？」

「袖摺稲荷《そですりいなり》の傍です。さっき弔問に来ました」

「そうか。では、何か気づいたことがあったらなんでもいいから教えてくれ」

「わかりました」

　妻女は頷《うなず》いた。

　外に出てから、伝八が言う。

「あまり、悲しそうではありませんでしたね」

「金で繋《つな》がっていたんだろう。薄情な感じもするが、こっちとしたら泣かれるよりは気が楽だ」

　扇太郎は正直に言う。

「そうですね」

伝八は答えてから、袖摺稲荷の近くで、通りがかりの者に嘉助の家を訪ねた。嘉助の家も小奇麗な家だ。女を売り買いして生きている男になんとなく腹立たしさを覚える。

家を訪ねたが、やはり弟子らしい男が出てきて、嘉助はいったん弔問から帰ってまた出かけたということだった。

出直すことにして、ふたりは柳橋の第六天神宮に戻った。伝八の手下が料理屋や船宿に聞き込みをかけている。

浅草寺《せんそうじ》の五重塔が西陽を受けて神々しく輝いていた。吉兆だ、案外と早く解決出来そうだと、扇太郎は五重塔を見ていた。

第二章　娘の行方

一

翌日の早朝、新吉は向島から柳橋に行った。茂助がいれば船を出してもらうところだが、吾妻橋を渡り、駒形《こまがた》から蔵前《くらまえ》を過ぎて神田川にかかる浅草橋の手前を左に折れた。

ほどなく、第六天神宮の前にやって来た。鳥居を潜り、同心の梶井扇太郎から聞いた殺しの現場に向かう。

簑助が殺されていた祠《ほこら》の裏に行く。今は亡骸があったという痕跡《こんせき》はない。新吉はその場に立ち、簑助の動きを考えた。

新吉が訪ねたあと、簑助はある場所に出かけ、誰かと会った。いったん、家に帰った簑助は夜になってここまでやって来た。

昼間会った者と、ここで再び会うことになったのか。それとも別人か。

いずれにしろ、簑助はここに誘《おび》き出されたのだ。

新吉が訪れた件で動いたとすれば、簑助が向かった先はおさわの売り先ではないか。しかし、新吉が訪れただけで、どうして簑助が殺されなければならなかったのか。それほどの重要なことがあったとは思えない。

背後で下駄《げた》の足音が止まった。そして、再び近づいてきた。

「新吉さん」

驚いて、新吉は振り向いた。

「お国姐《ねえ》さん」

新吉は思わず呟《つぶや》いた。小紋の着物に白っぽい帯を締めたお国が立っていた。

「新さん、どうしてここに？」

「へえ」

新吉は返事に詰まった。

「ひょっとして、簑助さんのこと？」

お国が訝《いぶか》しげにきく。

「お国姐さんは簑助をご存じですかえ」

「ええ。吉原にいるとき何度か見かけたことがあったわ」

「そうですかえ」

「それに、簑助さんの亡骸を見つけたのは私なの」

「姐さんが？」

新吉は驚いてきき返す。

「毎朝、ここにお参りに来ているのさ。昨日もここに来て、祠の裏に足が見えて……」

お国は表情を曇らせた。

「姐さんは簑助の噂をご存じですかえ」

「いえ、ただ女衒《ぜげん》というだけ」

「五年前、簑助は十二歳の娘を吉原の遊廓《ゆうかく》に世話をしようとしたが、強盗に襲われて娘を失ったと……」

「聞いたことがあるわ」

「聞いた？　そんな噂があったんですかえ」

「ええ、『大菱屋』さんに世話をすることになっていた娘でしょう」

「『大菱屋』？」

「小紫さんが自害して目玉がいなくなった『大菱屋』さんは上玉がいたら高く買うからと女衒に声をかけていたそうよ」

「そうだったのか」

『大菱屋』と聞いて、小紫を思いだして胸に痛みが走った。

まさか、おさわの売られる先が『大菱屋』だったとは……。

「新吉さんは、やっぱり油木新次郎さまね」

「姐さん。あっしは油木新次郎なんかじゃありませんぜ」

「なぜ、うそをつくんですか。以前にも言ったでしょう。小紫さんの願いを叶《かな》えてやりたいんですよ。小紫さんの願いは油木さまの栄達だったんです。箱屋稼業などやめて」

「姐さん」

新吉は口をはさんだ。

「あっしは箱屋の新吉です。油木新次郎じゃありません」

「この前、お座敷ではじめてお葉さんと会ったけど、小紫さんによく似ているわ」

「……」

「新吉さんは小紫さんの身代わりとしてお葉さんを見ているんでしょう。でも、それはお互いにとってよくないわ」

「姐さんはどうしても、あっしを油木新次郎に仕立てたいんですね」

「新吉さん。お願い。小紫さんのためにも油木新次郎らしい生き方を」

「やっぱり、美代次姐さんにそそのかされて」

新吉はお国の顔色を窺《うかが》った。

「……」

お国は返答に詰まっていた。

「姐さん、どうぞ、あっしのことはそっとしておいてやってください。美代次姐さんにも、そう伝えてください」

「美代次姐さんは新吉さんを箱屋で終わらせちゃいけないと、本気で思っているんですよ。だから、『天野屋』の旦那《だんな》に頼んで、新吉さんを引き立てようとしているんです」

お国が訴える。

「違います。美代次姐さんの本音はお葉姐さんへの敵愾心《てきがいしん》です。その手始めに、あっしをお葉姐さんから引き離そうとしているんです」

「……」

新吉はさっきからもやもやしたものを感じていた。『大菱屋』の名が出てからだ。『大菱屋』の旦那は簑助のことをどこまで知っているかわからないが、話を聞いてみたいと思った。小紫との件では向こうも含むところがあるだろうが、江戸に戻った今、いつかは挨拶《あいさつ》をしなければならないと思っていた相手だ。

「姐さんはもう吉原とは縁が切れているんですかえ」

新吉は念のためにきいた。

「ええ」

「どなたかお付き合いのあるお方はいらっしゃいますか」

「どうしてですか」

お国は不審そうにきく。

「じつは、『大菱屋』の旦那に会ってみたいんです」

「『大菱屋』の旦那？　簑助さんのことで？」

「そうです」

「だって『大菱屋』は小紫さんがいたところですよ。小紫さんがあんなことになったのは油木新次郎のせいだと恨んでいるはずです」

「姐さん、あっしは簑助のことで旦那に会いたいんです」

本来なら会いたくない相手だが、簑助のことを調べるにはどうしても会わねばならないのだ。

「そう」

お国はため息をつき、

「じつは私、吉原には出入り出来なくて」

と、決まり悪そうに言う。

「それは……」

新吉は落胆した。不始末をしでかして吉原にいられなくなったのかもしれない。

「ぴん助《すけ》という幇間《ほうかん》が『大菱屋』の旦那と懇意にしていたわ」

「ぴん助さんですか。そのひとに会う伝《つて》はありますか」

「敏八さんよ。敏八さんはぴん助さんと親しいわ。敏八さんにぴん助さんを引き合わせてもらえば」

「そうですね」

「なんなら、私から声をかけてやりましょうか」

「お願いできますか」

敏八は太鼓持ちらしく陽気だが、目の冷たさが気になる。新吉は迷ったが、『大菱屋』の旦那に会うのは敏八を頼るしか術《すべ》はない。

「ええ。敏八さんに文を出します」

「お願いします」

新吉は頭を下げた。


その夜、『武蔵《むさし》屋』の座敷が終わり、お葉を『桔梗家』に送り届けたあと、新吉が自分の家に戻ったのはもうすぐ四つ（午後十時）になろうとする頃だった。

戸を開けると、暗がりに赤い火が浮かんでいた。

「新さん、待たせてもらったぜ」

茂助が煙草を吸っていた。

「とっつぁん、帰ったか」

新吉は部屋に上がって行灯《あんどん》に火を入れた。

「さあ、上がってくれ」

「ああ」

茂助は煙草盆の灰吹に煙管《キセル》の雁首《がんくび》を叩《たた》いて灰を捨ててから立ち上がった。

「いつ帰ったんだ？」

新吉は徳利《とっくり》と湯呑《ゆの》みをふたつ持ってきた。

「夕方に着いたが、新さんはもう出かけたあとだった」

「そうか。そいつはすまなかった」

新吉は湯呑みに酒を注ぎ、ひとつを茂助の前に置いた。

「すまねえ」

茂助は湯呑みをつかんだ。

「とっつぁん、どうだったんだ？」

新吉はさっそくきいた。

「妙だ」

酒を呷《あお》ってから、茂助が口を開いた。

「松戸宿の問屋場できいたが、五年前にそんな事件はなかったそうだ。江戸川の渡し場の船頭たちにきいても何もなかった」

「やはり」

「やはりってのは」

「おさわは殺されたのではなく、簑助がどこか別の場所に売り飛ばしたに違いない」

新吉も酒を口に含んでから言う。

「そのことだが、五年前の秋、三十歳ぐらいの男が十二歳ぐらいの器量のよい娘を連れて渡し船に乗っていったのを船頭が覚えていた。ただ、そのふたりが簑助とおさわかどうかわからない。他の女衒《ぜげん》も行き交っているだろうからな」

「いや、時期が合っている。ふたりの年齢といい、器量のよい娘という特徴にしても、簑助とおさわと考えてもいいかもしれない」

「はっきりさせるには簑助を締め上げて口を割らすしかねえな」

茂助が口もとを歪《ゆが》めて言う。

「とっつぁん、もうそれは無理だ」

「なに、無理？」

「簑助は死んだ。殺されたんだ」

「ほんとうか」

茂助は目を剝《む》いた。

「一昨日《おととい》の夜、柳橋の第六天神宮で殺されたんだ。まだ、下手人はわからない」

「なぜだ？」

茂助がきいた。

「おそらく、おさわと関わりがありそうだ」

自分が訪ねたあとに簑助が出かけたという話をし、新吉はその相手がおさわの売り先ではないかと想像を述べた。

「つまり、おさわを買った相手が簑助を殺したということになるのか」

「そうだ。両者の間で何か揉《も》め事が起きたのだ。金の問題だろう。それより、渡し船に乗り込んだ三十歳ぐらいの男と十二歳ぐらいの女のふたりには他に連れはいなかったのだろうか」

「そこまで、確かめなかったが、連れがいたような話し振りではなかった。五年前のことだ、船頭もよほどのことがない限り、覚えていないだろうな」

「ふたりは松戸宿に泊まったのだろうか」

「泊まったはずだ。渡し船に乗り込んだのは朝だったそうだ」

「どこの旅籠《はたご》か調べなかったか」

「いや、そこまでは調べていない。調べたほうがよかったか」

茂助が手落ちのように小さくなった。

「いや、念のためにきいただけだ」

新吉は言ってから、

「ともかく、おさわは生きていると考えていい。そして、簑助の出かけ先がおさわと関係ある場所だとしたら、おさわは江戸にいることになる」

「そうよな。伊勢や京、大坂まで連れて行かれたってことはないってことだ」

茂助は湯呑みを口に運んだ。

「とっつぁん。もう一杯」

新吉は徳利を差し出す。

「すまねえ」

「とっつぁん。おさんさんは亡くなったおかみさんに似ているそうだな」

茂助の湯呑みに酒を注ぎながら、新吉はきいた。

「じつはそうなんだ」

茂助は笑みを浮かべた。

「世の中には似ている女がいるもんだ。はじめておさんさんを見たとき、女房が生き返ったかと思った」

「おかみさんは美人だったんだな」

新吉は微笑んで言う。

「そんなことはねえが、まあまあだ」

茂助は目を細めた。

「おさんさんはそのことを知っているのかえ」

「とんでもねえ。そんなこと言えやしねえ」

茂助は首を横に振った。

「とっつぁん、おさんさんに娘さんとぜひ会わせてやろうじゃないか」

「もちろんだ」

茂助は力んで言ってから、

「だが、簑助が死んじまって手掛かりが……」

と、気落ちしたように呟《つぶや》く。

「いや、下手人を見つけ出せばいいんだ。きっと見つけ出す」

「そうか。よし。で、俺は何をすればいい？」

茂助は身を乗り出してきく。

「そんときはまた頼む。それより、おさんさんにおさわは生きている、それも江戸にいるに違いないと話して安心させてあげたらどうだ」

「糠《ぬか》喜びにならねえか」

「あっしはおさわさんが生きていると信じるぜ」

新吉はきっぱりと言った。

「わかった。明日《あした》、おさんさんに会ってくる」

茂助は酒を呑《の》み干し、

「遅くなった」

と、湯呑みを置いて立ち上がった。

「新さん、なんだか今夜はうちの奴が夢に出てきそうだ。嫉妬《しっと》してか、それともおさんさんの力になれと言うか」

土間に下り立って、茂助が口にした。

「もちろん、おさんさんの力になれって言うはずだ」

「そうだな」

茂助はにやりと笑って引き上げて行った。

とっつぁんのためにも、おさんさんに娘を会わせてやりたいと、新吉は改めて心に誓った。

二

柳橋の袂《たもと》にある柳の葉が南風に揺れている。生暖かい風だ。扇太郎と伝八は下柳《しもやなぎ》原同朋町《はらどうぼうまち》にあるお国の家を訪れた。

格子戸を開けて、伝八が声をかける。

はあいという声と共に、お国が現われた。

「これは旦那《だんな》に親分さん」

お国は上がり口までやってきて腰を下ろした。

「また何か」

「おまえさんは吉原にいたそうだな」

扇太郎が切りだす。

「ええ」

「簑助とはどの程度の付き合いがあったんだ？」

「付き合いなんてありゃしません。ただ、顔を見かけたことがあるだけです」

「第六天神宮には毎朝、お参りに行っているのか」

「はい」

「ずいぶん信心深いんだな」

「験担ぎの意味もあります」

「えぇ、お参りしないと何かよくないことが起きるようで」

お国は細い眉《まゆ》を寄せた。

「簑助が死んでいたのは本殿の横にある小さな祠《ほこら》だ。そっちまで行くのか」

「はい。祠にはみな、手を合わせます」

お国は言ってから、ふいに眉根を寄せ、

「旦那。私を疑っているんですかえ」

と、きいた。

「いや、そうではない。念のためにきいているのだ」

「そうですかえ、私には簑助さんが死んでいるのを知っていて、わざと死体の発見を装ったんじゃないかと言っているように聞こえましたが？」

「それはどうなのだ？」

「冗談じゃありませんよ。私は簑助さん殺しに関わってなんかいませんよ。いったい、どういうわけで私に疑いが？」

「うむ」

扇太郎は少し迷ったが、

「たとえば、そなたが下手人に頼まれて簑助を第六天神宮に呼び出した……」

「私が呼び出すことなど出来ませんよ。簑助さんとは親しくないんですから」

「そうか」

お国が嘘をついているのかいないのかはわからない。扇太郎は念のためにきいた。

「十六日の夜はおまえさんはどこに？」

「船宿の『船政《ふなまさ》』です」

「客は誰だ？」

「それは……」

「別にきいたからって何するわけではない」

「でも、軽々しく喋《しゃべ》って、あとで何を言われるかわかりませんので」

「口が固いんだな」

伝八が口をはさむ。

「それが信用というものですから」

「ひと殺しを知っていても黙っているということだな」

伝八は口元を歪《ゆが》めた。

「親分さん。私はお客さまのことを言っているんです。ひと殺しのことなど話していません」

　お国はつんとして言う。

「お国。では、武士か町人かだけでも教えてもらおうか」

　扇太郎はきいた。

「商家の旦那ですよ」

「わかった。詳しいことは『船政』できくとしよう」

「旦那。どうして、私のお客さんのことを調べるのですか」

「おまえさんの客だけを調べているのではない。あの夜の柳橋の料理屋、船宿などの客をすべて調べているのだ」

「その客の中に下手人がいると？」

「わからぬが、簑助がどうして第六天神宮までのこのこやってきたのか。ただ、場所を指定されるより、柳橋の船宿にいるから第六天神宮に来てくれと言われれば、疑うことなく出かけて行くのではないか」

「そうですね」

　お国は頷《うなず》いた。

「そなたの客でなくとも、『船政』の他の客に不審な人物はいなかったか」

「いえ」

「そうか。わかった。邪魔したな」

扇太郎は言い、土間を出た。

「見かけと違い、気の強い女ですね」

伝八が苦笑して言う。

「まあ、体を張って生きているんだからな。あのぐらいでなくてはだめなのだろう」

扇太郎は理解を示した。

「でも、お国はどうなんでしょうか」

「どうしても、お国が吉原にいたということが気になる。下手人の仲間ではないとしても、何か隠しているような気がしてならない」

扇太郎は柳橋を渡り、神田川沿いにある『船政』にやって来た。

「これは旦那」

三十年配の小《こ》粋《いき》な女将《おかみ》が近寄ってきた。

「三月十六日の夜、第六天神宮でひと殺しがあった。その夜、殺された男はこの柳橋界隈《かいわい》の料理屋か船宿に客としてきていたのではないかと思われるのだ。その夜の客を……」

「旦那、それは……」

「待て」

反論を制し、扇太郎は続けた。

「客のことは言えないことはわかる。だから、客にきいてもらいたい。奉行所に話していいかどうか」

「もし、困るということでしたら」

女将がきく。

「そのときは仕方ない。強引な手をとるしかないな」

「強引と言いますと？」

女将は不安そうな顔をした。

「この船宿の前で、来る客に三月十六日の夜はどうしていたかを訊《たず》ねるのだ」

「旦那《だんな》、そんな無茶な。客が寄りつかなくなってしまいます」

女将が不平を言ったのに、

「ひとが殺されているんだ」

と、扇太郎は一喝した。

「でも、旦那。殺された男がうちのお客さまに会いに来たという証《あかし》があるんですか」

「ない。だから、調べているんだ」

「もし、関係なかったらどうしてくれるんですね？」

「どうする？　では、もし関係あったらどうする気だ？　そのときは下手人を匿《かくま》った疑いでしょっぴく。いいな」

扇太郎は脅した。

「わかりました。きいてみます。でも、暇がかかります。お客さんが次、いつ来てくださるかわかりませんので」

「三日だ。三日以内に確かめるのだ。そこで満足する返事がなければ……」

「三日以内なんて、無茶でございます」

「わかるだけでいい」

「やってみますが……」

「ところで、今お国に会ってきた。お国も呼ばれていたらしいな」

「はい」

「お国の客は誰だ？　町人らしいが」

扇太郎は口にしてから、

「きいても無駄か」

と、ため息をついた。

「海産物問屋の『興津屋《おきつや》』さんです」

女将がいきなり言った。

「『興津屋』？　あの豪商のか」

「はい。本店の那珂湊《なかみなと》から小網町《こあみちょう》二丁目の出店に、大旦那が月に一度、江戸に参ります。そのとき、うちに顔を出してくれます」

「連れは？」

「ひとりですよ」

「いつもひとりか」

「あの日はひとりでした」

一瞬、間があったような気がした。

「なぜ、『興津屋』の名を出した？　他の客は言おうとしないのに」

扇太郎は疑問を呈した。

「じつは、『興津屋』の旦那は昨夜《ゆうべ》も来ました」

「昨夜も？　またお国を呼んだのか」

「昨夜は美代次姐《ねえ》さんです」

「で、『興津屋』の旦那が何か言ったのか」

「はい。第六天神宮でひと殺しがあったことを話すと、奉行所はこの近辺の船宿の客を調べるだろうと。そのとき、私が決して旦那の名は出しませんからと言うと、案外なことに、何の疚《やま》しいことはないから出してもらって構わないと」

「『興津屋』の旦那がそう言ったのか」

「はい」

「ずいぶん潔いな」

　かえって疑いを持つのが常だ。

「よし。三日以内にあとの客に確かめるのだ」

「わかりました」

　女将は渋々頷いた。

『船政』を出て、扇太郎は伝八に言う。

「念のために他の船宿を当たってくれ。『船政』の女将と同じようなことを言うだろうが、今みたいに脅すのだ」

「わかりやした」

「俺はいちおう『興津屋』の旦那に会ってみる」

扇太郎は伝八と別れ、柳橋を渡った。

両国広小路《りょうごくひろこうじ》を突っ切り、薬研堀《やげんぼり》にかかる元柳橋を渡ってから武家地を通り、浜町《はまちょう》堀《ぼり》を越えて葭町《よしちょう》を過ぎて日本橋川に出ると、そこは小網町二丁目だ。

鎧河岸《よろいがし》を過ぎて、箱崎《はこざき》橋に近づいたところに漆喰《しっくい》土蔵造りの大きな店があり、瓦《かわら》屋根の上に、『興津屋』と黄金文字の看板が出ていた。

船着場に船が着き、荷役の男たちが荷を『興津屋』に運んでいる。男たちは威勢のいい掛け声で、活気があった。

扇太郎は土間に入り、番頭らしい男に声をかけた。

「主人に会いたい」

「少々お待ちください」

番頭は奥に入った。

しばらくして、大柄な恰幅《かっぷく》のいい四十半ばぐらいの男が現われた。

「てまえが『興津屋』の主人翫《かん》右衛《え》門《もん》でございます」

「南町の梶井扇太郎と申す。少し話がしたいのだが」

扇太郎は口にする。

「ひょっとして、第六天神宮での殺しの件でございますか」

「そうだ」

「わかりました。どうぞ、こちらへ」

甄右衛門は店座敷の横にある小部屋に、扇太郎を通した。

差向いになって、扇太郎は口を開いた。

「かなりの活気にござるな」

「那珂湊から荷が届きまして」

「『興津屋』の本店は那珂湊にあるのか」

「はい。そこから物資を江戸に運んでおります」

「ひょっとして回船問屋もやっているのか」

「はい」

「たいしたものだ」

「恐れ入ります」

「そなたは、いつもは本店にいるのか」

「はい。月に一度、江戸に出て参ります」

「『船政』にはよく行くのか」

「はい」

「十六日も行ったな？」

「行きました」

「芸者を呼んでいたか？」

「はい」

「誰だ？」

「お国という芸者です」

「いつもお国を呼ぶのか」

「いえ。あの日がはじめてです」

「なに、はじめて？」

「はい、いつもは美代次を呼んでいますが、あの夜は別口が入っていて呼べなかった。それで、お国を……」

はじめてお国を呼んだ夜に、簑助が第六天神宮に呼び出されて殺された。単なる偶然か、それとも何か……。

「その夜は誰かと会ったのか」

「いえ、ひとりでございます」

「ひとりでお国を相手に過ごしたのか」

「はい。正しくはお国ともうひとり小春《こはる》という若い芸者がおりました。芸者はふたりで動くというので」

甑右衛門は微笑む。

「甑右衛門どのは吉原で遊ぶことは？」

「若い頃は行きましたが、今は柳橋が多いですね。あとは、深川《ふかがわ》に行くこともあります」

「第六天神宮で殺されたのは吉原の女衒《ぜげん》の嚢助という男だ。知っているか」

「いえ、知りません」

甑右衛門は首を横に振った。

余裕に満ちた顔だ。何事にも動じないふてぶてしさがある。奉行所や武士に対して決して臆《おく》することはない。

扇太郎はこれ以上の問いかけは無駄だと思った。

「梶井さま。私からお伺いしてよろしいですか」

甑右衛門が微笑みながら言った。

「何か」

「女衒が殺されたことで、なぜ私のところに来られましたかな」

「『船政』の女将《おかみ》に、甑右衛門どのが名を出してもいいと仰《おっしゃ》ったと聞き、その言葉に甘えさせてもらった」

扇太郎は言ってから、

「甑右衛門どのは、我らが船宿の客を調べることがわかっていたようですが？」

「船宿に近いところで殺しがあり、殺された男が吉原から来たとなれば、あの辺りの船宿か料理屋の客を調べるのは常道かと。それに、お国が吉原の芸者だったと聞けば、私に目をつけてくるなと思ったのです」

「まさにそのとおりだ。すっかり見透かされていたか」

扇太郎は苦笑した。

「下手人はお侍だとか」

「刀で斬られていた。浪人かもしれない」

「なるほど、私が殺された男を第六天神宮に呼び出し、浪人を雇って殺したという筋書きを考えたのでしょうか」

「いや、甑右衛門どのと女衒が結びつかぬ。簑助を誘《おび》き出すことが出来るとしたら、お国かとも考えた。だが、お国が浪人を雇ったのだったら、柳橋ではなく別の場所で殺したほうがいいはずだ」

「そうですね」

「斬ったのは金で雇われた浪人かもしれないが、それを命じた者は、あの夜、柳橋の船宿か料理屋にいたと思っている。簑助はそれを知っているから不審を持たず吉原から柳橋まで行ったのだ」

「私もそう思います。だが、残念ながら私ではない」

甑右衛門は静かに言ったあとで、

「ふと思いましたが、何も当夜、下手人が船宿にいなくてもよいのではありませんか。以前から下手人が柳橋の船宿を知っていたら、殺された男も不審を持たなかったのではありませんか」

「うむ」

確かに、甑右衛門の指摘のとおりだ。

「当夜、殺された男と関わりのある者が船宿にいたら疑いを招きます。もし、私が下手人なら、その夜は船宿には行きませんね」

「……」

扇太郎は言葉を失った。

確かに、甑右衛門の言うとおりだ。当然、奉行所が船宿の客を探るだろうことは想像がつくはずだ。

「甑右衛門どのの言うとおりだ」

俺としたことが、と扇太郎は唸《うな》った

どう挨拶《あいさつ》をして、『興津屋』を出たのか覚えていないほど、扇太郎は打ちのめされた。

なぜ、甑右衛門が指摘したことに思い至らなかったのか。今、伝八にすべての船宿の客を洗い出させているが、無駄骨になるだろうと忸怩《じくじ》たる思いがした。

三

西陽が部屋の中に射してきた。

戸が開いて、若い男が声をかけた。

「ごめんなさい。こちら新吉さんのお宅でございましょうか」

「新吉です」

新吉は上がり框《がまち》の前で腰を下ろした。

「柳橋のお国姐《ねえ》さんから新吉さん宛《あて》の文を預かってきました」

そう言い、若い男は結んだ文を寄越《よこ》した。

「すまねえ」

新吉は受け取った。

「ちょっと待ってください」

新吉は文を開いた。

敏八がぴん助に話をつけたこと。明日《あした》の朝四つ（午前十時）ごろに吉原のぴん助の家に訪ねること。そして、ぴん助の住まいが揚屋町《あげやまち》だと書いてあった。

「姐さんに承知したとお伝えください」

「わかりました」

「あっ、待って」

新吉は呼び止め、

「おまえさんはどこのひとなんだね」

と、きいた。

「あっしは柳橋の船頭の見習いです」

「そうですか。それはごくろうさま」

新吉は銭を紙に包んで渡した。

「こいつはすみません」

若い男は恐縮して引き上げて行った。

敏八がいとも簡単に引き受けてくれたことが少し気になった。『大菱屋』の旦那《だんな》と引き合わせ、新吉が油木新次郎であることを認めさせようとする腹積もりであろうことは察していたが……。

新吉は着替え、家を出た。

こっちに向かって来る侍がいた。三十半ばぐらいの精悍《せいかん》な顔をした侍。幡多忠次郎の友人の向山五平太だ。

新吉は立ち止まった。五平太は近づいてきて、

「話がある」

と、切りだした。

一度、西方寺で五平太に声をかけられたことがある。平岡伊一郎のことがあるので、新吉は受けて立つように、

「これから一仕事しなければなりません。しばし、お待ちいただけますか」

と、頼んだ。

「いいだろう。四《し》半刻《はんとき》（三十分）後に三囲神社の境内で」

そう言い、五平太は踵《きびす》を返し、土手の方に向かった。新吉は『桔梗家』に急いだ。

今夜の出先の『武蔵屋』にお葉を送り届けたあと、新吉は三囲神社に行った。墨堤の桜は花が散り、葉桜になっている。

鳥居の横で、五平太が待っていた。

「お待たせいたしました」

新吉が会釈をした。

「あれから、いろいろ調べた」

五平太が切りだす。

「なにをでしょうか」

「しれたこと。幡多忠次郎を斬った男のことだ」

五平太は鋭く言う。

「小紫に熱を上げていた幡多忠次郎は嫉妬《しっと》に狂って、吉原帰りの油木新次郎に襲いかかった。だが、忠次郎はあっさり斬られた。俺はその場にいたが、相手の男は油木新次郎だと名乗ったのだ。いや、今思い返せば、名乗ったわけではない。忠次郎が油木新次郎かと訊《たず》ねたところ、相手はそうだと答えただけだ」

「……」

「その後、油木新次郎は江戸から逐電した。旗本の倅《せがれ》を斬ってはただで済むはずないからな。だから、忠次郎を斬ったのは油木新次郎ということになった」

五平太は一方的に続ける。

「八年後、油木新次郎は江戸に舞い戻った。箱屋の新吉と名乗ってな。そなたこそ、まことの油木新次郎。つまり、忠次郎を斬ったのは別人だ」

五平太は憤然と言い切った。

「向山さま」

新吉は口をはさんだ。

「忠次郎はひと違いをした。それなのに、本物の油木新次郎が江戸から逃げた。斬ったことを認めたようなものだ。おそらく、忠次郎を斬った者をかばうためであろう」

「……」

新吉は黙って聞く。

「そう考えれば、斬った者はそなたと親しい者だと察しがつく。それで、捜した。そして、平岡伊一郎を見つけ出した」

五平太の目が鈍く光った。

「平岡伊一郎はそなたと体つきも似ていたそうだな。なぜ、あの男は油木新次郎ということを否定しなかったのか。そなたに罪をかぶせようとしたのか」

五平太は厳しい顔で、

「そなたに確かめる。幡多忠次郎を斬ったのは平岡伊一郎だな」

と、迫るようにきいた。

「向山さまは平岡伊一郎に会ったことはあるのですか」

「ある。あの頃より、肉がついていたが、面影はあった。忠次郎を斬った男に間違いなかった。調べるに、当時、平岡は『大菱屋』の小柳《こやなぎ》という花魁《おいらん》のところに通っていたことがわかった。だが、平岡は幡多忠次郎を斬ったことを否定した。あくまでも、油木新次郎の仕業として押し通すつもりらしい」

五平太は顔を歪《ゆが》め、

「卑怯《ひきよう》な男だ」

と、吐き捨てた。

「向山さまは、どうなさるおつもりですか。幡多忠次郎さまの仇《かたき》を討つのですか」

新吉はきいた。

「そのつもりだ。その前に、真実を知りたい」

「……」

「殺された忠次郎にも非はある。嫉妬から殺そうとした上に、相手を間違えたのだからな。俺は油木新次郎を斬ると息巻く忠次郎を諫《いさ》めたが、言うことをきかなかった。無理してでも止めるべきだったと後悔している」

「あっしに何を？」

「真実だ。真実を語ってもらいたい」

「……」

新吉は押し黙った。

「なぜだ？」

五平太が怒ったようにきいた。

「そなたは汚名を着たまま江戸を離れざるを得なくなり、そのために小紫が死ぬはめになった。そこまでの傷を負いながら、なぜ真実を語らないのだ」

「……」

新吉は返答に窮した。

「あっしは昔の自分を捨てたんです。油木新次郎とは無縁なんです。その時代の問題を蒸し返すことは出来ません」

「たった一言で済む話ではないか」

「なぜ、それほどあっしの言葉を欲しがるんですかえ」

「平岡伊一郎を斃《たお》す理由がないと単なる私闘と思われる。そうなると、今度は平岡の身内が俺を仇と狙うようになるだろう。そんな愚は避けたい」

「あっしが何も喋《しゃべ》らなければどうなさるので？」

「関係ない。平岡を斬る」

「……」

「そして、幡多忠次郎の敵《かたき》討ちだと訴える。奉行所はその真偽を確かめるために、そなたに事情をきくようになるだろう。そのときも今のように沈黙を保てるか」

「どうしても、敵討ちをなさるおつもりですか」

「そうだ。俺は忠次郎に助太刀を頼まれながら用を果たせず死なせてしまった。そのことがずっとここんところにこびりついて離れなかった」

五平太は自分の胸を叩《たた》いた。

「向山さまはご家族は？」

「いない。俺は部屋住みだ。俺が死んでも泣くものはいない」

五平太は自嘲《じちょう》気味に言う。

「もうしばらく待ってください」

新吉は訴える。

「何を待つのだ？」

「あっしが平岡伊一郎と話し合い、その上で真実を告げるか考えます」

「……」

「いたずらに決闘をし、どちらかが怪我をしたとしても誰の得にもなりません。どうか、しばらく猶予を」

「いつまでだ？」

「十日、いや、五日待ってください」

「五日か」

五平太は呟《つぶや》いてから、

「いいだろう、五日待とう」

「ありがとうございます」

新吉は頭を下げた。

その間に、五平太は鳥居のほうに去っていた。

新吉は急いで『桔梗家』に戻った。

「新さん、『大村家』さんから後口が入ったよ」

「そうですか」

『大村家』の旦那《だんな》は芸者お葉の生みの親だ。

風流人で知られる旦那衆が、絵師や俳諧《はいかい》師たちを伴い『大村家』で遊んだ。その中で日本橋の旦那が葉桜芸者の三味線で『潮来《いたこ》出《で》島《じま》の真菰《まこも》の中にあやめ咲くとはしおらしや』という潮来節を唄《うた》った。そのとき、いっしょにいた札差の旦那が、真菰の中で一輪だけあやめが咲いていれば面白いのではないかと言い出した。それが、盛りを過ぎた芸者の中に、たったひとりだけ若く美しい芸者を置くということだった。この話を聞いた『大村家』の主人がその気になって動きだした。向島に元数寄屋町芸者だったお波が住んでいた。そのお波に相談して、お葉という芸者が誕生したのだ。

「客は札差の『大筒屋《おおづつや》』さんだそうよ」

「そうですか。わかりました。『武蔵屋』さんのあとでまわります」

「お願いね」

頃合いを見て、新吉は『武蔵屋』に行った。

勝手口に入り、女将《おかみ》さんを呼んでもらい、お葉に後口が入ったことを伝えてもらった。

四《し》半刻《はんとき》（三十分）後に、お葉が現われた。

「姐《ねえ》さん、後口が」

「ええ。新さん」

お葉は土間に下りるとき、手を差し出した。

新吉は手を取って、お葉が下駄《げた》を履くのを待った。

「ありがとう」

「酔っていますね」

「少し呑《の》まされて。でも、だいじょうぶよ」

新吉は女中から三味線の箱を受け取り、『武蔵屋』を出た。

それから、三囲神社の裏手にある『大村家』に行った。

新吉は『大村家』の勝手口の隅で待った。

「お客さん、どなたですかえ」

酒をとりにきた女中にきく。

「乾物問屋の『伊丹《いたみ》屋』さんと連れの海産物問屋の『興津屋』さんよ」

「『興津屋』さんははじめてですね」

新吉はきいた。

「ええ、四十過ぎの風格のある旦那。いつも尊大な『伊丹屋』の旦那がへいこらしているわ」

女中はおかしそうに笑い、

「『興津屋』の旦那がお葉姐さんに会いたいっていうので来たみたい」

と、小声で言った。

女中はお酒を持って出て行った。

新吉は庭に出た。空には星が瞬いていた。三味線の音と唄声が聞こえてくる。お葉だ。

新吉の耳から三味の音が遠ざかり、代わって向山五平太の姿が目に浮かんだ。幡多忠次郎に助太刀を頼まれながら用を果たせなかったことに、八年経った今も負い目を感じていたようだ。

あの様子なら、平岡伊一郎に決闘を申し入れるに違いない。自分が江戸に帰ったことで、新たな波紋を広げてしまった。

幡多忠次郎の兄忠兵衛《ちゅうべえ》は刺客を使って新吉を殺そうとした。忠兵衛は新吉が忠次郎を斬ったと思い込んでいたのだ。

だが、向山五平太は平岡伊一郎を突き止めた。おそらく、両者は闘わざるを得なくなるかもしれない。

向山五平太も腕は立ちそうだ。立ち合えば、いずれかが斃《たお》れるだろう。どちらも死なせてはならない。

何かうまい手立てはないか。

兄の幡多忠兵衛は不正が露顕し、職を追われ、今は小伝馬町牢《こでんまちょうろう》屋敷の揚がり座敷に閉じ込められている。もはや、弟の仇《かたき》を討つどころではない。

すると、向山五平太だけだ。思案に余り、新吉は深いため息をついたとき、

「新さん」

と、声をかけられた。

「あっ、姐さん」

新吉はあわてて振り返った。

「どうしたのさ、なんだか考え込んでいたようだけど」

「いえ、なんでもありません」

「新さんの姿が見えなかったから驚いたわ」

「すみません」

新吉はすぐ勝手口に入り、女中から三味線の入った箱を受け取った。

「お世話さまでした」

女中たちに挨拶《あいさつ》をし、新吉は勝手口を出た。

「じゃあ、帰りましょう」

「ええ」

お葉がつまずき、よろけた。あわてて、新吉が体を支えた。顔が迫ったとき、酒臭かった。

「姐さん、また呑みましたね」

「また、呑まされちゃって」

「しょうがないですね。さあ、あっしの腕につかまって」

新吉は三味線を抱えていないほうの腕を貸した。

「ありがとう」

　お葉は新吉の腕にしがみついた。

　新吉は苦笑して、『大村家』をあとにした。

「新さん。三囲神社に」

「姐さん、早く帰って横になったほうが」

「ねえ、連れてって」

「しょうがないですね」

　新吉はしがみついているお葉といっしょに裏口から境内に入った。樹木に覆われ、真っ暗だ。

「足元に気をつけてくださいな」

「だいじょうぶよ」

　そう言ったそばからお葉はまたよろけた。かなり、呑んでいるようだ。

「新さん。待って」

　お葉が喘《あえ》ぐように言う。

　新吉は立ち止まり、

「どうしました？　気持ち悪いんですかえ」

「そうじゃないの。新さんとこうしていると気持ちいいの」

そう言い、お葉は新吉の腕をきつく抱き締めた。が、はっとして、すぐ腕を放した。

「私ったら何をしているのかしら」

「少しお酔いになったようですね」

「酔ってなんかない」

お葉は新吉の顔を見つめ、

「新さん。どこにも行かないで」

「えっ？」

「だめ、私から離れないで」

そう言うや、新吉の胸に顔を埋《うず》めてきた。

「お願い。小紫さんのこと忘れて」

「姐さん。どうしたんですか」

「ねえ、お願い。ずっと私のそばにいて」

お葉は新吉の体にしがみついてきた。

「姐さん、やっぱり酔っていますね」

新吉は片腕でお葉の肩を抱き締め、

「あっしは姐さんの傍を決して離れませんぜ」

「ほんとうね」

顔を上げたお葉の目から涙がこぼれた。木の葉が揺れて、夜鳥が飛び立って行った。

四

翌朝、新吉は四つ（午前十時）前に、衣紋坂《えもんざか》を下り、吉原大門をくぐった。顔を隠すために頭から手《て》拭《ぬぐ》いをかぶり、顎《あご》の下で結んでいる。

昼見世は九つ（午後十二時）からで、まだ客はいない。出入りをしているのは商《あき》人《んど》などだ。

大門の左手には、奉行所の隠密《おんみつ》同心が常駐してお尋ね者などの不審者を見張っている面番所、右手には遊女が門を出るのを監視している四郎兵衛《しろべえ》会所がある。

新吉は面番所からの視線を感じながら仲之町《なかのちょう》まで行った。新吉は小紫のところに通っていた頃を思いだし、胸が熱くなった。

感傷を振り払い、江戸町《えどちょう》一丁目を過ぎ、揚屋町にやって来た。

木戸を通り、商家が並ぶ表通りを行き、腰高障子に煙草と書かれている商家の脇にある木戸から裏通りに入った。

裏通りには職人や芸人などが住んでいる。その中に、ぴん助の住まいを見つけた。

新吉は戸を開け、呼びかけた。

すると、部屋にいた男が立ち上がった。敏八だった。

「新吉さん、よくきなすった」

「敏八さんもいらっしゃっていたんですか」

「あっしがいたほうがいいと思いましてね」

敏八は言い、後ろにいた男に声をかけた。

「ぴん助兄さん。新吉さんがお見えになりました」

細身の男が近寄ってきた。

「おまえさんが新吉さんですか。噂は聞いていますよ」

ぴん助が笑った、噂というのは小紫とのことを指しているのだろう。

ぴん助は見番に登録している幇間《ほうかん》だ。敏八はどこの見番にも属していない。

「じつは『大菱屋』の旦那《だんな》はおまえさんが油木新次郎だから会ってくれることになったんです」

ぴん助が言う。

「新吉さん、油木新次郎だと認めるんですね」

「へえ、覚悟を決めてまいりました」

「なら、結構です」

ぴん助は言い、

「では、行きましょうか」

と、土間に下りた。

「新吉さん、あとで話をお聞かせくださいな」

敏八が意味ありげに笑った。

新吉は何か引っ掛かったが、ぴん助のあとについて裏長屋を出た。

仲之町通りに出て、江戸町一丁目の木戸を入る。すぐに、『大菱屋』のベンガラの建物が出てきた。

細い格子の籬《まがき》が上まである惣《そう》籬は大見世の証《あかし》だ。入口には『大菱屋』の紋を染め抜いた暖簾《のれん》がかかっている。

ぴん助が土間に入り、内所に向かう。新吉は敷居をまたいだところで待っていた。

目の前にある階段は反対側から上がるようになっているが、その階段を上がって小紫の部屋に行ったのだ。

八年前、江戸に来て、はじめて吉原に行った。八朔《はっさく》（八月一日）で、この日は仲之町を遊女が花魁《おいらん》道中をする。たまたま、そこに行き合わせ、白無垢《しろむく》の遊女小紫を見た。

定紋入りの箱提灯《はこぢょうちん》を持った若い者に続いてふたりの禿《かむろ》を共にした花魁が黒塗りの高下駄《げた》をはき、外八文字の独特の歩き方で進んできた。

その花魁と目が合った。新吉は一瞬体から魂が抜き取られたような感じになった。花魁が行き過ぎたあとも、その艶《あで》やかな顔がいつまでも瞼《まぶた》に残った。

それから、新吉は金を貯め、『大菱屋』に揚がり、小紫と会ったのだ。小紫も花魁道中で新吉と目が合ったことを覚えていてくれた。

そこから、新吉の運命は大きく変わっていった。若さゆえ、分別もなく、小紫との恋に夢中になっていた。

一夜を共にした朝、新吉が帰り支度をすると、いつも小紫は煙草入れを隠した。新吉が困惑していると、すねたように袂から煙草入れを出した。後朝《きぬぎぬ》の別れの辛さに、小紫の目は濡れていた。

また来る。きっとよ。目と目で言い交わしたあと、新吉の胸にしがみついてきたことがあった。そのときの小紫の温《ぬく》もりが蘇《よみがえ》り、胸の底から熱いものが込み上げてきた。

ぴん助が戻ってきて、新吉は我に返った。

「旦那がお呼びですよ」

新吉はぴん助のあとについて楼主が控えている内所に行った。

長火鉢の前に座っている大柄な男が『大菱屋』の楼主陣十郎《じんじゅうろう》だ。その背後に縁起棚があり、横に大福帳がかかっている。

「じゃあ、あっしは家にいるんで。帰りに寄ってくださいな」

そう言い、ぴん助は土間を出て行った。

新吉は被っていた手拭いをとって懐に仕舞い、

「箱屋の新吉と申します」

と、陣十郎に膝《ひざ》をついて挨拶《あいさつ》をした。

陣十郎は冷たい目で見つめ、

「油木新次郎どのですな」

と、口を開いた。

「昔の名です」

新吉は正直に答えた。

「おまえさんとはいろいろ因縁がある」

「へい。その節はご迷惑をおかけして申しわけございませんでした」

新吉は謝った。楼主は女を商売道具にし、血も涙もない男という印象があるが、陣十郎はまさにそのような感じだ。

「昔のことをいつまでも引きずっていても意味がない。おまえさんと会えたことで幕引きだ」

陣十郎はあっさり言う。

もっとねちねち文句をたれるかと思ったが、意外だった。『大菱屋』の楼主にしたら、一番の稼ぎ頭を油木新次郎に奪われたという恨みつらみがあっただろうに……。

「おまえさんは若いころにも増して色気が出てきたな。それじゃ、女が放っておかないだろう」

陣十郎は真顔で言う。

「そんなことはありません」

「まあいい。で、私にききたいというのは女衒《ぜげん》の簑助のことだそうだが」

陣十郎はきいた。

「へい。簑助が殺されたことはご存じですかえ」

「聞いた」

陣十郎は眉根《まゆね》を寄せ、

「下手人はまだわからないそうだな」

「へい。じつは、簑助が殺されたのは五年前のおさわという娘の件と関わりがあるのではないかという疑いがあるんです」

「おさわ？」

「五年前、旦那は簑助に女を連れてくるように頼んだそうですが」

「うむ。上玉を連れてこいと強く言ったことがある」

「取手からでは？」

「そうだ。出入りの商人《あきんど》から、取手の奥の村に上玉の娘がいると聞いたのだ。それで、簑助に連れてくるように頼んだ。だが、失敗した」

「失敗？」

「どうしても、親が娘を手放さないということだった」

「その言葉を信じたのですね」

「信じざるを得まい。ところが、一昨年《おととし》の秋に、おさんという女がここにやって来た。娘がここで働いているはずだと言う。聞けば、簑助に娘を預けたという。その際、吉原の『大菱屋』に引き渡すと聞いていて、母親が訪ねてきたのだ」

「では、その時点で、簑助が嘘をついていたことがわかったのですね」

「そう」

陣十郎は頷《うなず》き、

「簑助を呼び出して問いつめた」

「簑助は何と？」

「最初は強盗に襲われたと言っていたが、最後に認めた。他に売ったと」

「なぜ、他に売ったのでしょうか」

「金だ。うちの倍を出したそうだ」

「どこかわかりますか」

新吉は身を乗り出した。

「いや、売り先だけは頑として言わなかった」

「なぜでしょうか」

「他言しないという約束があったのだろう。それから、簑助は出入り差し止めにした」

陣十郎は厳しい顔で言った。

「売り先に想像はつきませんか」

「鎌をかけてみたが、言わなかった。ただ、女郎屋ではないだろう。うちの倍を出すところがあるとは思えない」

「すると、豪商……」

「うむ。妾《めかけ》にするとか、そんなところだろうな」

「まだ十二歳でした」

「器量がよければ問題ない。数年養って成熟したら手をつければいいのだ」

陣十郎は含み笑いをした。

「そうですね」

新吉は陣十郎の想像が的を射ているように思えた。

「ただ、そうだとして、実家の母親にも隠しているのはなぜでしょうか。簑助はそのことをちゃんと話せば……」

「話せない事情があったのだろうよ」

陣十郎は顔をしかめて言う。

「簑助はどこで豪商と出会ったのでしょうか」

「さあ、聞いていない」

「松戸宿の話は出ませんでしたか」

「最初の強盗に襲われた話では松戸宿の話になったが……」

「そうですか」

「おまえさん」

陣十郎が煙管《キセル》を取り出して声をかけた。

「へい」

「簑助が買った娘を捜しているのかえ」

「ええ。出来ることなら母親と会わせてやりたいと思いまして」

「生きていると思うのか」

「へえ」

「そうか」

陣十郎は刻みを詰め、火鉢の炭で火をつけた。

「おまえさん、向島のお葉という芸者についているそうだな」

「へえ、そうです」

「ずいぶん、いい女だそうだな。小紫に似ているとか」

「誰がそのようなことを？」

「誰だっていいではないか」

「野太鼓の敏八、あるいは柳橋に移ったお国……」

新吉は想像して呟《つぶや》く。

「どうだえ、お葉をここで働かせないか」

「えっ？」

新吉は耳を疑った。

「お葉を二代目小紫として」

「冗談でございましょう」

新吉は不快になって引き上げようとしたが、そのことがきっかけになって小紫に思いを馳《は》せた。

「小紫はあっしが上州に行っているときに自害したそうですね。そのときの様子を教えていただけませんか」

「……」

「お願いします」

「そんなこと知ってどうするんだ？　昔のことではないか」

陣十郎は顔をしかめた。

「それを聞いて、昔の自分と決別したいのです。身請けの話が出て、断れないと悟って自害したと聞いています」

「それでいいではないか」

「どなたが身請けを？」

「昔のことだ。今さら言っても仕方ない。それに、身請け話はきっかけに過ぎない。おまえさんがいなくなって、小紫は死んだも同然だったのだ。おまえさんが、殺したようなものだ」

「……」

「おまえさんにさえ出会わなければ、小紫はいいところに身請けされていたか、無事に年季明けを迎え、ここから出られただろう」

陣十郎の責めるような言葉は身に堪《こた》えた。

「小紫はどこで自害を？」

新吉はきいた。

「体を壊し、離れで養生しているときに簪《かんざし》で喉《のど》を突き刺したのだ。見つけたときは、すでに体が冷たくなっていた」

新吉はいたたまれなかった。

「死ぬ前、小紫は病気で寝込んでいたのですね」

「そうだ」

「薄暗い、寒々とした離れで……」

新吉は思わず呻《うめ》いた。

「おまえさんが幡多忠次郎さまを殺さなければな」

陣十郎は口元を歪《ゆが》めた。

「あっしは……」

否定しようとしたが、この話をこれ以上続けたくなかった。

「旦那《だんな》。きょうはありがとうございました」

新吉は強引に礼を言い、話を切り上げた。

「向山五平太という侍を知っているか」

ふいに、陣十郎が口にした。

「向山さまが何か」

「先月、平岡伊一郎という侍のことでやってきた。八年前、ここに通っていたのか、小紫の客だったのかとかきいてきた」

「そうですか」

「向山五平太は幡多忠次郎の親友だそうだな。何を調べているのだ？」

「わかりません。では、失礼します」

新吉は改めて会釈をして『大菱屋』を引き上げた。

揚屋町の裏長屋に帰り、ぴん助の家の戸を開けた。

部屋に、ぴん助と敏八が待っていた。ふたりの傍に徳利《とっくり》が出ていた。

「どうだったね」

ぴん助がきいた。

「おかげさまで」

新吉が答える。

「一杯、やるといい」

「いえ、もう帰りませんと」

「じゃあ、あっしもいっしょに」

敏八が腰を上げた。

ぴん助に礼を言い、新吉は敏八と共に表に出た。

昼見世のはじまる九つ（午後十二時）が近付き、大門を入ってくる客の姿が目立ってきた。

「敏八さん、いろいろお骨折りありがとうございました」

大門を出てから、新吉は礼を言う。

「なあに、お安い御用で。それに、あっしはお国姐《ねえ》さんの使いでぴん助兄さんのところに行っただけですから」

「ぴん助さんはどうしてあっさりあっしの頼みを受けてくれたんでしょうか」

新吉は疑問を口にした。

「言っていいものかどうか」

敏八は含み笑いをした。

「何か」

「ぴん助兄さんとお国姐さんは出来ていたんですよ。裏茶屋で逢瀬《おうせ》を楽しんでいたのを見つかった。芸者と幇間《ほうかん》が出来ちゃったんですからね。お国姐さんは吉原を追い出され、ぴん助兄さんも幇間の間で格下げになっちまった」

「そうだったのですか」

「お国姐さんから頼まれりゃ、ぴん助兄さんはなんでもしますぜ」

「そうだったのですか」

「おっと、お国姐さんには内緒ですぜ」

「わかっています」

「それから……」

敏八が言い差した。

「なにか」

「いえ、なんでも」

敏八はあわてて首を横に振った。

「何でも仰《おつしや》ってくださいな」

新吉は促す。

「いや、これはあくまでも噂ですから」

「どんな？」

新吉は迫った。

「ぴん助兄さんに聞いた話ですから」

衣紋坂を上がり、日本堤に出る。

見返り柳の前に差しかかって、ようやく敏八は口を開いた。

「小紫の自害ですよ」

「……」

「表向きはいやな客の身請け話を断ることが出来ず、絶望して自害したということになっていますが、実際はお仕置きがあったと」

「なんですって」

「いえ、あくまでも一部の噂です。油木新次郎がいなくなってから、小紫は魂の脱《ぬ》け殻のようになり、生きる人形のようだったそうです。客からも苦情が出て、楼主が怒って折檻《せっかん》を……」

新吉は耳を塞《ふさ》ぎたかった。

噂であり、そのことが真実かどうかわからない。だが、新吉が幡多忠次郎を斬って江戸を離れたことが、小紫のその後に暗い影を投げかけたことは間違いない。

途中で、敏八と別れ、新吉は西方寺に寄った。

遊女の墓の前に立ち、

「すまなかった。俺がいけなかったんだ」

と、新吉は小紫に訴えかけた。

あのとき、平岡伊一郎を見捨てておけば、小紫の運命は違っていただろう。だが、あのとき、友として平岡伊一郎を見捨てられただろうか。

そして、あれから八年。今、俺は小紫に似た女のそばにいる。あの世から、小紫はそんな俺のことをどう見ているだろうか。

新吉は胸が締めつけられる思いで、向島に戻った。

五

夜五つ（午後八時）ごろ、扇太郎と伝八は第六天神宮にやってきた。

ときたまお参りの者がやってくるが、あとは静かだ。今は月がなく暗いが、三月十六日は月が辺りを照らしていただろう。

「簑助はここで何者かを待っていたのだ。待ち合わせの相手は、近くの船宿から抜け出してくると思っていたのではないか。だから、ここで待っていたのだ」

扇太郎はこの考えに間違いないと思っている。

「なぜ、船宿を訪ねなかったのでしょうか」

伝八が疑問を口にする。

「客といっしょだからだ。それに、すぐ済む用事だったのだ」

扇太郎は徐々に状況がつかめてきた。

新吉が訪ねてきたあと、簑助はどこかに出かけた。そして、夜に再び出かけている。おそらく、同じ相手に会うためであろう。

なぜ、同じ相手ともう一度会うのか。それも、外でだ。

「簑助は相手から何かを受け取るためにここにやって来たと考えるほうが説明がつく」

「金ですね」

伝八が察して言う。

「そうだ。金に違いない。簑助は恐喝していたのだ。その金を受け取りにここにやって来た。まさか、相手が牙《きば》を剥《む》いているとは思わずにだ」

扇太郎はそう想像したが、はたと考え直した。

簑助とてばかではないだろう。恐喝している身として、まったくの無防備に金の受け取り場所にやってくるとは思えない。相手が反撃に出てくる用心はしていたはずだ。

「簑助は恐喝の相手に、自分に万が一のことがあれば秘密をばらす手筈《てはず》になっているという威《おど》しをかけているはずだ。そうでなければ、こんなところにのこのこやってきたりしないはずだ」

「じゃあ、誰か恐喝のネタを知っている者がいるってことですか」

「そうだ。だが」

扇太郎は暗い顔をした。

「恐喝の相手はそのことを知っていて簑助を殺したのだろうか。まさか、そっちもすでに抑えていたか」

扇太郎は簑助の妻女や弟子の若い男など、まわりの者を思い浮かべた。だが、簑助が信頼して秘密を託すような者がいるだろうか。

「最近、どこぞで殺しはなかったか」

「そういえば、本所《ほんじょ》で殺しがありましたぜ」

伝八が思いだしたように言う。

「いつだ？」

「確か、十六日だったと。嘉六《かろく》親分がそんなことを言ってました」

本所は同心の近藤《こんどう》左馬《さま》之助《のすけ》の管轄だ。

「明日《あした》、その殺しのことを近藤さまにきいてみよう」

扇太郎は手応《てごた》えをつかんだような気がした。

翌日、扇太郎は南町奉行所に出仕し、同心詰所に入った。

近藤左馬之助はまだ来ていなかった。茶を飲んで待っていると、戸口にでっぷりした左馬之助が現われた。

扇太郎は湯呑《ゆの》みを置いて立ち上がり、左馬之助の前に立った。

「近藤さま」

「なんだ、いきなり」

左馬之助は眠そうな目を向けた。

「本所で殺しがあったそうですね。そのことについてお話をお伺いしたいのですが」

「なぜだ？」

「じつは柳橋の第六天神宮で女衒《ぜげん》が殺された件との関わりが気になりまして」

「女衒殺しだと」

左馬之助の細い目が鈍く光った。

「はい。三月十六日の夜に吉原の簑助という女衒が袈裟《けさ》懸けに斬られたのです」

「三月十六日の夜……」

「はい。念のために本所の殺しを教えていただきたいのです。本所のほうは下手人の手掛かりはどうなのですか」

「ない」

「殺されたのは誰なんですか」

「伊佐吉《いさきち》という遊び人だ。法恩寺《ほうおんじ》近くの裏長屋で袈裟懸けに斬られて死んでいた」

左馬之助は素直に答える。

「袈裟懸けですか」

扇太郎は同じ下手人ではないかと考えた。

「殺されたのは何刻《なんどき》でしょうか」

「暮六つ（午後六時）ごろだ。長屋の住人が悲鳴を聞いていた」

「では、下手人を見ていた者がいたのですか」

「覆面をした浪人風の侍が逃げていくのを見ていた」

「その浪人の手掛かりは？」

「ない」

「伊佐吉はひとから恨まれるようなことは？」

「そこまでの悪ではないようだ。知り合いも殺される理由がわからないと言っていた」

「そうですか」

「どういうことから関係あると思ったのだ？」

「殺された女衒は誰かの弱みを握って威していたのではないかと考えられるのです。でも、口封じされる恐れがあります。それで、威しのネタを誰かに預けていたのではないかと」

「なるほど。威されている側からすれば、弱みを握っているふたりを殺せば安心というわけか」

「はい」

「女衒の名は？」

「簑助です」

「簑助と伊佐吉がどこかで繋《つな》がっているかどうか」

　左馬之助は首をひねり、

「長屋の連中の話では誰も訪ねてくるものはいなかったそうだ。もし、ふたりが関係あるとしたら、伊佐吉から出かけて行ったのだろう」

「伊佐吉はいくつぐらいですか」

「二十一、二だ」

「若いですね」

　簑助は三十半ば。少し歳の差があるが……。

「こっちは伊佐吉の知り合いから簑助の名を聞き出してみよう」

「わかりました。私は簑助のほうから伊佐吉の名を探り出します」

　扇太郎は左馬之助と手を組んで事件に当たることになったが、左馬之助が調べたことをどこまで教えてくれるか気になった。

　手柄を独り占めにするという評判なのだ。十分に注意をしてかかろうと思いながら、扇太郎は同心詰所を出た。

　奉行所の外で待っていた伝八とともに田町一丁目の簑助の家に行った。

　出てきた妻女に、

「簑助の周囲に伊佐吉という二十一、二の男はいないか」

　と、扇太郎はきいた。

「いえ、聞いたことはありません」

妻女は首を横に振った。

「おまえさんはどうだ？」

弟子の若い男にもきく。

「いえ。そんな名の知り合いはいません」

若い男は答える。

「そうか」

扇太郎はふと思いついて、

「簑助に妾《めかけ》はいなかったか」

「妾ですか」

妻女は眉根《まゆね》を寄せ、

「私は知りませんが、あのひとのことだからいても不思議じゃありませんね」

と、不快そうに言った。

「いたとしても、名前まではわからないか」

「ええ」

妻女は頷《うなず》いてから若い男に目をやり、

「おまえはどうだえ、知っているの？」

「知りません」

若い男は否定した。

「簑助と一番親しいのは嘉助という男だったな」

「はい」

「わかった。邪魔をした」

扇太郎は土間を出て、袖摺稲荷の近くにある嘉助の家を訪ねた。

土間に入って呼びかける。色白の三十半ばぐらいの男が現われた。先日は留守だったので、きょうがはじめてだ。

「嘉助か」

扇太郎は確かめる。

「へえ。嘉助です」

「殺された簑助と仲がいいときいたが？」

「ええ、まあ」

嘉助は曖昧《あいまい》に答える。

「簑助が殺されたことで何か思い当たることはあるか」

「いえ、まったくありません」

「五年前、簑助は取手のほうから上玉の娘を連れてきたのだが、知っているか」

「いえ、知りません」

「知らない？」

「あっしらは親しくしていましたが、所詮《しょせん》は商売敵《がたき》ですから。肝心なことは隠していますんで」

「そうか」

扇太郎は顔をしかめ、

「伊佐吉という二十一、二の男を知っているか」

と、きいた。

「知りません」

嘉助はしっかと目を向けて答える。嘘をついているようには感じられなかった。

「旦那《だんな》、伊佐吉って男が殺しに関係が？」

「いや、そうではない」

扇太郎は続けてきいた。

「簑助に女はいたか」

「女ですか」

嘉助は困ったような顔をした。

「いたのか」

「いました。一度、呑《の》んでいるとき、ぽろりと口にしました」

「どこの誰だ？」

「明神下《みょうじんした》で、『安楽亭《あんらくてい》』って呑み屋をやっているお牧《まき》って女です」

「このことは、簑助のかみさんは知っているのか」

「いえ、知りません」

「お牧は簑助が死んだことを知っているのか」

「へえ、あっしが簑助の家に弔問に行ったあとで知らせました」

「そうか。わかった」

扇太郎は嘉助の家を出た。

それから四《し》半刻《はんとき》（三十分）余り後に、明神下の『安楽亭』という呑み屋の前に着いた。暖簾《のれん》はかかっていない。

伝八が戸を開けて声をかける。左に縁台が並び、右に小上がりの座敷がある。

奥から二十五、六の女が出てきた。

「お牧か」

伝八が声をかける。

「はい」

「簑助を知っているな」

お牧は表情を曇らせた。

「知っています。でも、なんで、殺されたのかわかりません」

お牧は首を横に振る。

「伊佐吉って男を知っているか」

扇太郎が前に出てきいた。

「伊佐吉が何か」

お牧は不審そうな顔をした。

「伊佐吉とどういう関係だ？」

「弟です」

「弟か。簑助とは親しいのか」

「ええ、ふたりだけで会っているようです」

そう言ってから、

「まさか、伊佐吉に疑いが？」

と、お牧は顔色を変えた。

「まだ、知らないのか」

伝八が驚いたようにきく。

「知らないって何がですか」

「伊佐吉は死んだ。殺された」

「えっ」

お牧は目を剝《む》いて絶句した。

「そんな……」

よろけたように、お牧は小上がりの座敷に腰をついた。

「おそらく、簑助を殺した下手人と同じだ」

扇太郎が言う。

「ふたりは何かをしていたんだ。そのことに心当たりはないか」

「ありません。私には何も話してくれませんでしたから」

「伊佐吉はときたまここにやってくるのか」

「たまにです。私より簑助さんのほうがよく会っているようでした」

お牧は放心したように言う。

戸が開いて、風が入り込んだ。扇太郎は戸口を見て、あっと声を上げた。

近藤左馬之助と岡っ引きの嘉六が立っていた。

「近藤さま」

扇太郎が声をかけた。

「そなたたちも来ていたのか」

左馬之助がきいた。

「簑助のほうからお牧を知りました」

「こっちは、伊佐吉の知り合いからだ。姉がいると聞いて、来てみた」

左馬之助は悄然《しょうぜん》と腰を下ろしているお牧に、

「伊佐吉の姉のお牧か」

と、声をかける。

「はい」

お牧はかすれた声を出した。

「伊佐吉は三月十六日の暮六つ過ぎに横網町《よこあみちょう》の長屋で、侍に斬られて死んだ」

「……」

「伊佐吉は大家にもそなたのことは話していなかったが、何か理由でもあるのか」

「あまり仲がいいほうではありませんでしたから。腹違いの姉弟《きょうだい》なので、冷めた間柄だったと思います。ただ、金の無心のときだけ、ここに顔を出して」

お牧は顔をしかめ、

「そんな弟でも、いざ死んだと聞いて胸が……」

お牧は涙ぐんだ。

「こうなると、そなたの言うように、簑助と伊佐吉は何者かを強請《ゆす》っていたと考えられるな」

左馬之助は厳しい顔をした。

「ええ、ふたり同時に斬るとは」

恐ろしい相手だと、扇太郎は思った。

第三章　松戸宿

一

陽が落ち、部屋の中も翳《かげ》ってきた。新吉は行灯《あんどん》に火を入れた。

茂助は深刻な顔で、

「もう一度、松戸宿に行ってみる」

と、言い出した。

「梶井の旦那に頼んだほうがいいんじゃないか」

新吉は茂助の顔色を窺《うかが》った。

「いや、町方がどこまで本気で捜してくれるかわからない」

女衒《ぜげん》の簑助は『大菱屋』の楼主陣十郎に問いつめられて、おさわを別のところに売ったと白状した。だが、相手の名は頑として言わなかったそうだ。

取手からおさわを連れて江戸に向かった簑助は『大菱屋』に連れて行くつもりだったはずだ。

だが、途中で考えが変わった。高値でおさわを買うという男が現われたのだ。おそらく、その器量に目をつけ、いずれは妾《めかけ》にするつもりではなかったかという『大菱屋』の陣十郎の考えが当たっているように思えた。

岡場所ということはあり得ない。『大菱屋』以上の金を出す見世があるとは思えないからだ。

おさわを引き取ったのは豪商に違いない。『大菱屋』の二倍、あるいは三倍もの金を出したのではないか。それなら簑助の気持ちが揺れたはずだ。

簑助と豪商はどこぞで出会ったのだ。それは簑助が強盗に襲われたという松戸宿ではないか。新吉と茂助はそう考えた。

「あの頃、松戸宿に泊まった商人《あきんど》を聞き出してくる。その中に、おさわを買った男がいるはずだ」

茂助は気負って続けた。

「松戸宿の高級な旅籠《はたご》は数軒だ。それぐらいなら、すぐ調べられる」

「しかし、日にちがはっきりしていないんだ」

「その近辺の何日間を全部調べればいい」

「とっつぁんが頼んで宿帳を見せてくれるか」

新吉が懸念を口にする。

「なんとかする」

「それに、簑助とおさわが泊まったとしたら安い旅籠に違いない。別々の旅籠に泊まったはずだから、旅籠で出会ったとは考えづらい」

「でも、出会ったのは松戸宿のどこかだ。五年前とはいえ、女衒の男と器量のよい十二歳の娘のふたり連れを覚えている者がいるはずだ」

「折を見て俺が行く」

新吉は口にしたが、

「いや、これは俺がやる」

「……」

茂助の気持ちは強かった。

「ごめんよ」

戸が開いて、男が入ってきた。

岡っ引きの伝八だった。扇太郎も入ってきた。

「これは旦那《だんな》方」

新吉は腰を上げた。

「新さん。俺は失礼する」

茂助はそそくさと立ち上がり、ふたりにすれ違って土間から出て行った。

「邪魔をしてしまったかな」

扇太郎が言う。

「いえ。どうぞ」

上がるように勧める。

「いや、ここでいい」

扇太郎は腰から刀を鞘《さや》ごと抜きとって上がり框《がまち》に腰を下ろした。伝八は立ったまま。

「旦那、何かわかったんですかえ」

新吉は話を促すようにきいた。

「簑助は自分の妾の弟伊佐吉とともにある人物を威《おど》していたと考えられる。今度の殺しは威された側の逆襲だ」

「へえ。では、伊佐吉は？」

「じつは伊佐吉も殺されていた」

「……」

新吉は息を呑《の》んだ。

「伊佐吉は横網町の長屋で殺されていた。長屋の住人が覆面の侍が逃げて行くのを見ていたが、覆面の侍はその後、両国橋を渡り、柳橋の第六天神宮で簑助を待ち伏せて斬ったものと思える」

扇太郎は説明してから、

「問題は威していた相手と、威しの中身だ」

と、口にする。

「簑助は『大菱屋』の旦那から頼まれて取手までおさわを買い求めに行ったそうです。ところが、簑助は途中で出会った何者かにおさわを売り飛ばしたのです。『大菱屋』よりはるかに高値で売買されたのでしょう」

「ひとを何だと思っているんだ。物扱いにしやがって」

扇太郎は憤然とした。

「『大菱屋』の旦那の見立てでは、買ったのは金のある商人で、いずれおさわを妾にするつもりだったのではないかと言ってました」

「考えられるな」

扇太郎は頷《うなず》く。

「ただ、わからないのは恐喝のネタです。妾にするためにおさわを手に入れようが、そのことが威しのネタになるか」

新吉は疑問を口にする。

「そうよな」

扇太郎は首をひねった。

「ひょっとして、おさわは殺されているんじゃ」

伝八が横合いから口を入れた。

「おさわは逃げだそうとしたか騒いだかして……」

「そのことを簑助が知ったら、強請《ゆす》りのネタになるな」

扇太郎も伝八の考えを引き取った。

「しかし、そうだとしても、簑助が殺しの証《あかし》をつかめるとは思えません。相手が病死と言えば、簑助はそれ以上追及出来ないのでは……」

「うむ」

扇太郎は唸《うな》ったが、

「そのことはともかく、相手には威されるだけの弱みがあったのは間違いない」

と、確信したように言う。

「問題はおさわを売った相手だ」

扇太郎は目を細め、

「簑助は松戸宿で強盗に襲われたと最初は嘘をついたんだな。松戸宿で何かあったのはほんとうかもしれない」

と、呟《つぶや》くように言う。

「松戸宿は水戸街道だな」

「おさわを買った豪商は水戸街道沿道の商人か。水戸かあるいは……」

扇太郎の片方の眉《まゆ》が微《かす》かに動いた。

「旦那、何か」

新吉はきいた。

「いや」

扇太郎は首を傾げ、

「豪商ということでふと思いだした商人《あきんど》がいた」

「どなたですか」

「小網町二丁目にある海産物問屋の『興津屋』だ。そこは出店で、本店は那珂湊にある。回船問屋も手がけ、主人翫右衛門は月に何度か江戸に出てくるそうだ」

『興津屋』さんですか」

「知っているのか」

「へい、先日、『武蔵屋』さんに乾物問屋の『伊丹屋』さんといっしょに揚がったそうです。女中さんの話では、いつも尊大な『伊丹屋』の旦那がへいこらしていたそうです」

「本店のある那珂湊は水戸の先だな」

扇太郎は思案顔になった。

「旦那。まさか、『興津屋』がおさわを買ったと?」

伝八が驚いてきく。

「そうじゃねえが、ただ松戸宿を使う豪商というので思い浮かべただけだ。それに、簑助が殺された夜、主人の翫右衛門は柳橋の『船政』にいたのだ」

「『船政』にですか」

新吉は呟き、

「旦那の言うように気になりますね。まさかとは思いますが、『興津屋』について少し調べたほうが……」

「うむ。さっそく調べてみる」

扇太郎は言い、立ち上がった。

「新吉、邪魔をした」

扇太郎が引き上げたあと、新吉は急いで朝の残りの飯に茶をかけ、沢庵《たくあん》だけで茶漬けをかっこみ、急いで支度をした。

『桔梗家』に行くと、すでにお葉は芸子島田に結い上げていた。

「新さん。今夜の『武蔵屋』さん、早めに来てくれって知らせがあったの」

「そうですか。じゃあ。さっそく」

新吉は着付けのために立ち上がった。


『武蔵屋』の勝手口から入り、女中に三味線を渡した。

「では、姐《ねえ》さん」

新吉は言い、外に出た。

『桔梗家』にいったん戻り、お波の前に行き、

「姐さん、すみません。茂助とっつぁんのところに行ってきます。もし、後口が入

りましたら、お知らせください」

「わかった。そんときは、お琴に行ってもらうから」

「へい」

新吉は立ち上がり、すぐに『桔梗家』を出た。

水戸家下屋敷の裏手にある茂助の家に行くと、茂助が色の剝《は》げた文机《ふづくえ》の前に座っていた。文机の上に位牌《いはい》が置いてあった。

「とっつぁん」

新吉は声をかけた。

はっとしたように、茂助は顔を向けた。

「おう、新さんか」

「上がらせてもらうぜ」

新吉は部屋に上がった。

「おかみさんだね」

「うむ。早いもんでもうすぐ十年になる」

茂助がしんみり言う。

「流行《はや》り病か」

「そうだ。あっけなかった。せめて、子どもがいたら……」

「出来なかったのか」

「一度、出来たんだ。だが。死産だった。生きていたら。二十五歳だ」

「そうか」

「それより、どうした？　今、姐さんはお座敷だろう？」

「今、『武蔵屋』にいる」

「さっき八丁堀《はっちょうぼり》が来たが、そのことか」

茂助は真顔になった。

「そうだ。簑助は妾《めかけ》の弟の伊佐吉といっしょに恐喝をしていたらしい。同じ日に、伊佐吉も殺されている」

扇太郎から聞いた話をし、

「恐喝の相手はおさわを売った相手に違いない。松戸宿で相手はおさわを見初め、簑助から買い取ったのだろう」

「そうだ。だから、松戸宿で宿帳を調べるんだ」

「梶井の旦那《だんな》が言っていた。簑助が殺された夜、近くの船宿に小網町二丁目にある海産物問屋『興津屋』の旦那がいたそうだ。『興津屋』の本店は那珂湊にある。主人の翫右衛門は月に何度か江戸に出てきているという。つまり、翫右衛門は松戸宿を通るのだ」

「『興津屋』の旦那が？」

茂助は目をぎらつかせた。

「そうかもしれないのだ。だから、『興津屋』に注意をして宿帳を調べてみてもらいたいんだ」

「『興津屋』か……」

「那珂湊では回船問屋もやっているというからかなりの豪商に違いない。金を積んで、簑助からおさわを譲り受けたということは十分に考えられる」

「なるほど」

茂助は合点をし、

「そうに違《ちげ》えねえ」

と、声を上擦らせた。

「ただ」

新吉は迷いながら、

「簑助が何をネタに『興津屋』を威《おど》しているのか。おさわを譲り渡しただけでは威せまい。『興津屋』で何があったのか」

「新さん。俺はおさわは生きていると信じるぜ。きっと生きている。再会させてやると、おさんさんに約束したんだ。生きていてもらわねば困る」

茂助は息んで言う。

「そうだな。ただ、『興津屋』の旦那は普段は本店にいるらしい。そうなると、おさわは那珂湊に連れて行かれたかもしれない」

「そしたら。俺は那珂湊まで行く」

茂助は激しい口調で言う。

「とっつぁん。まだ、『興津屋』だと決まったわけじゃない。まずは松戸宿へ行って『興津屋』のことを調べるんだ」

「わかったぜ。明日《あした》、行ってくる」

「とっつぁん、気をつけてな」

新吉はそう言い、立ち上がった。

『桔梗家』に戻り、少ししてから『武蔵屋』に行った。

勝手口の隅で待っていると、ようやくお葉がやって来た。

「新さん、お客さんが船着場まで見送ってもらいたいって言うの」

「そうですか。あっしが遠くから見張っています」

「それが新さんもいっしょにって」

「えっ？　どなたなんですか」

「『興津屋』の旦那」

「『興津屋』……」

なぜ、自分をと、新吉は不審に思った。おさわのことで動き回っていることを知るはずはない。

「ともかく、お願いね、門の前で待っていて」

そう言い、お葉は座敷に戻って行った。

「新さん、すまないね。どうしても、お葉と箱屋の新吉に見送ってもらいたいって言うものだから」

女将《おかみ》が新吉に手を合わせて言う。

普通なら断るところだが、『興津屋』の旦那と聞いていい機会だと思った。

「女将さん。お見送りしてきます」

新吉は門に向かった。

ちょうど、お葉と大柄な四十半ばの男が敷石を踏んでやって来た。

新吉が頭を下げて迎えると、

「おまえさんが箱屋の新吉さんか」

「へい。新吉にございます」

「なるほど。噂に違《たが》わぬいい男だ」

「はあ」

「『興津屋』の甑右衛門だ。船着場まで付き合ってもらおう」

「へい」

女将や女中に見送られて、甑右衛門はお葉と並んで門を出て行く。新吉は提灯《ちょうちん》を照らしながら先頭に立った。

土手に向かう道は暗い。提灯の灯が甑右衛門とお葉の足元を照らしている。

「旦那は向島にはよくお出《い》でに？」

「料理屋には先日がはじめてだが、水戸家の下屋敷に二度ほど招かれたことがある」

「水戸さまですか」

「水戸さまにもお金を貸しているのでね」

甄右衛門は自慢するように言う。

「たいしたもので」

新吉は感嘆した。

「新吉さん」

甄右衛門が口調を改めた。

「へい」

「おまえさんはこの先も箱屋を続けていく気かね」

「へえ。そのつもりです」

新吉は答える。

「お葉が芸者をやめてもかね」

「えっ？」

思わず、新吉はお葉の顔を見た。お葉は困ったような顔をしていた。

「どうだね」

「お葉姐《ねえ》さんは芸者をやめません」

新吉はきっぱりと言った。

「そうか。やめないか」

甑右衛門は呟《つぶや》いてから、

「じつは、さっきお座敷で、お葉を口説いていたんだ」

「口説く？」

「うむ。那珂湊に来ないかとね」

「旦那。私は向島のお葉ですよ。他の土地には行きません」

お葉が訴えるように言う。

「そう言うな」

甑右衛門は苦笑して、

「新吉さん。私はお葉さんを身請けしたいんだ」

「旦那。ご冗談でしょう」

「真面目だ。先日、伊丹屋さんに連れてきてもらってはじめてお葉を見て、情けない話だが、一目惚《ぼ》れだ」

「……」

新吉は甑右衛門がどこまで本心かわからないと思った。おさわの件で、新吉をためそうとしているかどうかもわからない。

「ちなみにお葉を落籍《ひか》すのにいかほどいるか」

「そんなこと、あっしにはわかりません」

「千両箱を幾つ積んでもよい」

「旦那《だんな》。酔っていらっしゃいますね」

お葉が口を入れる。

「酔っていても、頭は正気だ」

甑右衛門は胸を張った。

「私は向島で骨を埋《うず》めるつもりです。千両箱をいくら積まれても無理ですよ」

「そういう気っぷのよさが気に入ったのだ」

土手に上がる坂道になった。

「足元、お気をつけなさって」

新吉は声をかける。

「だいじょうぶだ」

「旦那、那珂湊から江戸に来るにはやはり水戸街道ですかえ」

新吉は話題を変える。

「陸路ではそうだな」

「陸路では？」

「私はたいてい海路だ。船だ」

「水戸街道を使ったことはございますか」

「なぜ、そんなことをきく？」

「いえ。ただ海路だと海が荒れていたらどうなるのかと思いまして。あっしは船酔いしそうで」

「馴《な》れぬとそうかもしれないな」

甄右衛門は言ってから、

「那珂湊に興味があるなら一度、来るといい。お葉もどうだ？」

「姐さんはお座敷がありますから旅は無理です」

新吉は釘《くぎ》を刺すように言う。

「お葉にはぜひ那珂湊に来てもらいたい。向こうで料理屋を持たせてやってもいいと思っている」

「旦那、夢のようなお話ですが、私には荷が勝ち過ぎます」

お葉はうんざりしたように言う。

「旦那はおかみさんがいらっしゃるのですか」

新吉を話を逸《そ》らすためにきいた。

「いる」

「さぞかし、お仕合わせでございましょうね。で、お子さまは」

「三人だ。長男は二十二だ。今度嫁ももらう」

「それはおめでたいことで」

新吉はどうもおさわとの結びつきがわからない。

土手の上に上がった。かなたの空が明るくなっているのは不夜城の吉原だ。

「つかぬことをお伺いしますが、旦那は吉原で遊ばれるのですか」

新吉は甑右衛門の顔色を窺《うかが》う。

「吉原は仕来りが多くてだめだ。私は芸者がいい。江戸に来たときは毎日のように料理屋に出かけている」

「柳橋にもよくお出でに？」

「よく行く」

「ひょっとして美代次姐さんを贔屓《ひいき》に？」

「うむ」

「あっしのことは美代次姐さんから？」

「そうだ」

翫右衛門は正直に答えた。

船着場に向かう。屋根船が待っていた。船から奉公人らしい男が出てきて、翫右衛門を迎えた。

「お葉、また、来よう」

「はい、お待ちしております」

「新吉。また会おう」

「旦那。少しお伺いしたいことがあるのです。近々、お会いしに行ってもよろしいでしょうか」

「かまわん。いつでも来るがいい」

翫右衛門は船に乗り込んだ。

船頭が棹《さお》を使って船を岸から離した。

「姐さん、あの旦那。お座敷で身請けの話を持ち出したのですか」

新吉は船を見送りながら言う。

「ええ。無粋なお方」

お葉が吐息混じりに言う。

「どうも、旦那を焚《た》きつけたのは美代次姐さんのようですね」

「そうね。私を落籍させ、新吉さんを自分の手元に引き寄せたいと考えているんでしょうよ」

「愚かなことです」

「でも、新さん」

お葉が真顔になって、

「あの旦那に伺いたいことって何なの？」

と、新吉の顔を見つめた。

「おさんさんの娘のことです」

新吉は事情を説明した。

「じゃあ、あの旦那がおさわさんを？」

「証《あかし》があるわけじゃありません。ただ、松戸宿で簑助とおさわに出会う機会があり、さらに『大菱屋』の倍以上の金を出すことが出来る。それに姐さんをまだ狙うほどの気力がある。だから、確かめてみる価値がありそうです」

「そう。でも、あの旦那に丸め込められないでね。だって、あの旦那は幾つかの大名家にもお金を貸しているそうよ」

「水戸さまにも貸していると言ってましたね」

「ええ、金の力でなんでも思い通りになると思っているお方よ」

「姐《ねえ》さん。あっしは金では動きませんよ」

「わかっているけど」

「心配いりません。さあ、帰りましょう」

「ええ」

　ふたりは桟橋から土手に戻った。

「新さん、待ってね」

　お葉は三囲神社の鳥居に向かって小走りになった。新吉はその後ろ姿を見つめていてふいに切なくなった。

　俺はお葉に小紫の面影を見出《みいだ》しているのか。いや、違う。いくら似ていても、ふたりは別人だ。お葉はお葉だ。新吉はそう思った。

　だが、自分が箱屋でいる限り、お葉とは一歩下がって接しなければならない。俺とお葉の間には高い壁があるのだと、新吉は今さらながらに思い知らされた。

　翌朝、飯を炊き、新吉がおみおつけと野菜と貝の和《あ》え物とお新香で朝飯を食べていると、戸が開いて茂助が顔を出した。笠《かさ》をかぶり、着物の裾《すそ》をまくり、草鞋履《わらじば》きだ。

「新さん。出かけてくる」

「とっつぁん、無理しないでな」

「出来たら、今日中に戻ってくる。おっと、見送らなくていいぜ」

そう言い、茂助は松戸宿に向かった。

新吉は残りの飯を食い終え、急いで後片付けをした。

それから、着替え、家を出た。

吾妻橋を渡り、雷門《かみなりもん》から田原町を経て新堀川《しんぼりがわ》を越えて稲荷町《いなりちょう》に入り、途中で三味《しゃみ》線堀《せんぼり》のほうに曲がった。

三味線堀の近くに仙北藩大藤家の上屋敷がある。新吉は表長屋の前の道をゆっくり歩いた。

連子窓が続いているが、どの部屋に平岡伊一郎がいるかわからない。

長屋門の前に出てると、門番所に向かった。門番の武士は新吉の知らない若い武士だった。

「おそれいります。向島から来ました新吉と申します。平岡伊一郎さまにお会いしたいのですが」

「約束か」

「はい。向島の新吉と言ってもらえば通じるはずです」

約束はないが、新吉の名を聞けば伊一郎は必ず出てくる。

「待て」

門番はそう言い、姿を消した。

門の脇で待っていると、伊一郎が出てきた。

新吉は門から離れ、三味線堀の縁まで行った。伊一郎はついてきた。

柳の木の傍に立った。

「何かあったのか」

伊一郎がきいた。

「向山五平太のことが気になってやってきた」

「……」

「どうなんだ？」

「果たし合いを申し込まれた」

「果たし合い……」

「そうだ。奴は俺のことを調べ上げた」

「で、いつだ？」

「そなたが知る必要はない。これは、俺の問題だ」

「違う。俺も関わっている。おそらく、あの男はおまえを倒したあと、今度は俺を狙うはずだ」

「ばかな、そなたは関係ない」

「いや、幡多忠次郎を斬ったのは油木新次郎だと思わせていたのは俺だ。この八年間、騙《だま》してきた俺を許すとは思えぬ」

「だが、第一の責任は俺にある。幡多忠次郎に問われたとき、俺は否定することが出来たのにそれをしなかった。いや積極的に応じてしまった」

「それを言うなら、俺も同じだ。そなたから相談を受けたとき、俺は弁明することも出来たのだ」

新吉は言い、

「向山五平太とそなたの腕は互角と見た。どちらかが斃《たお》れるだろう。そのような愚は避けたい。特にそなたには妻子がいるのだ。それに、そなたは殿のお傍近くでお仕えするというお役目がある」

「……」

「俺に任せろ」

「新次郎」

伊一郎は首を横に振り、

「また、そなたに……」

「これも俺の定めだ」

新吉は言い、

「さあ、言うのだ」

と、迫った。

「明日《あした》の夜六つ半（午後七時）、橋場の浅茅《あさじ》ヶ《が》原《はら》、鏡ケ池《かがみがいけ》の近くにある総泉寺《そうせんじ》の裏手だ」

「わかった」

新吉は改めて伊一郎を見つめ、

「俺が務められなかった殿をお守りするというお役目を無事に務めあげてくれ。妻女どのやお子たちを大切にな」

「そなたに何も報いてやれぬことが悔しい」

伊一郎は唇を噛《か》みしめた。

「気にするな。伊一郎、達者でな」

新吉はふいに伊一郎の前から離れ、足早に遠ざかった。背中に伊一郎の熱い視線を感じたが、新吉は振り返ることなく去って行った。

新吉は浅草田圃《たんぼ》を突っ切って日本堤に出て、衣紋坂を下った。手拭《てぬぐ》いを頭にかぶり、新吉は大門をくぐった。そして、まっすぐ揚屋町の裏長屋に向かった。

幇間《ほうかん》のぴん助の家に前に立ち、戸に手をかけた。

「ごめんなさい」

戸を開け、土間に入る。ぴん助は鉢巻きをして妙な手付きで踊っていた。新吉の顔を見て、あわてて手を下ろした。

「これは新吉さん」

ぴん助は上がり框《がまち》まで出てきて、

「お座敷芸の稽古《けいこ》をしていましてね」

と、鉢巻きをとって言う。

「お邪魔してしまったようですね」

「なあに、そんなことはありませんよ」

「先日はありがとうございました」

「いや、お役に立ててなによりです」

「また、お願いがあって参りました」

「なんでしょう」

「小紫と親しかった妓《ぎ》と会いたいのですが」

「親しかった妓ですって」

　ぴん助は不思議そうな顔で、

「また、なぜ？」

「小紫が亡くなったときの様子を知りたいのです。ご存じではありませんか」

「……」

　ぴん助は押し黙った。

　新吉はぴん助が口を開くのを待った。

「新吉さん。ひょっとして、敏八が何かよけいなことを言いましたね」

「あっしが無理にきき出したのです」

　新吉はあわてて弁明した。

「そうですか」

　ぴん助は苦笑した。

「いやな客の身請け話を断ることが出来ず、絶望して自害したと聞きました。でも、ほんとうはお仕置きにあったと」

「ええ。あくまでも一部の噂です。油木新次郎がいなくなって小紫は魂の脱《ぬ》け殻になった。客からも苦情が出て、楼主が怒って折檻《せっかん》をしたらしいという噂を耳にしました」

「噂の信憑性《しんぴょうせい》は？」

「わかりません」

「噂の出所はどこなんでしょうか」

「そうですな」

　ぴん助は首に手をやった。

「ご存じですね」

　その様子から、知っていると直感した。

「おそらく、小紫と仲がよかった花魁《おいらん》が自分の客にふともらし、その客が茶屋で座興に話したのでしょう」

「ぴん助さんはその座敷にいたのですか」

「いえ、あっしはその座敷にいた仲間の幇間から聞きました」

「そうですか。その花魁の名はわかりますか」

「今はいませんぜ」

「いない？」

「三年前に年季明けでここから出て行きました」

「消息はわかりませんか」

「さあ」

「『大菱屋』の楼主か内儀、あるいは遣《や》り手婆《てばば》にきけばわかりますかね」

「おそらく」

「お願いです。きいてもらえませんか」

「あっしがですかえ」

　ぴん助が困惑したようになったが、

「確かにおまえさんがききに行ったら警戒されてしまいますな。よございます。調べておきましょう」

「ありがとうございます」

「仕方ありません。お国から、新吉さんの力になってやってくれと手紙で頼まれましたからね」

ぴん助は苦笑した。

「お国姐《ねえ》さんとは親しかったそうですね」

「どういうわけか本気になっちまいました。芸者が客と寝ることは厳禁ですが、幇間や箱屋などの仲間うちでもだめですからね」

ぴん助は苦い顔をし、

「誰かが見番に告げ口をし、あっしはどうにか残ることが出来ましたが、お国は吉原を出て行くことに」

「そうでしたか」

「でも、柳橋で元気にやっているようで安心しました」

ぴん助は微笑んで、

「わかったら、文を出します」

「お願いします」

礼を言い、新吉はぴん助の家を出た。手拭いを頭からかぶり、顎《あご》の下で結わいて、揚屋町をあとにした。

二

その日の朝、扇太郎は同心詰所で、近藤左馬之助に『興津屋』の件を話した。左馬之助はただ聞き流しただけで、伊佐吉殺しの下手人らしい浪人と両国橋ですれ違ったという職人のことを言い出した。

「職人が言うには、浪人の右目横に大きな傷があったそうだ。それから、袖《そで》に黒い染みがあり、血のようだったと。今、手分けして口入れ屋を当たっている。浪人だから仕事を求めてどこぞの口入れ屋に出入りをしているだろうからな」

左馬之助は先に同心詰所を出て行った。張り切っているというより、扇太郎より先に下手人を挙げようと燃えているのだろう。

それは、扇太郎も同じだった。勘でしかないが、『興津屋』は引っ掛かる。あの夜、『興津屋』の甑右衛門は『船政』にいたのだ。だからこそ、簑助はのこのこ第六天神宮にやってきたのだ。

簑助は神社で甑右衛門が『船政』から抜け出してくるのを待っていたのだ。

ふと、扇太郎はある疑念を持った。簑助は甑右衛門がほんとうに『船政』にいるかどうか調べなかったのか。

　扇太郎は同心詰所を出た。

　半刻《はんとき》（一時間）後に、扇太郎は伝八とともに、柳橋にやってきた。『船政』の前に行くと、船着場で船頭が屋根船を掃除していた。扇太郎は店に入った。

　小《こ》粋《いき》な女将《おかみ》が気づいて近づいてきた。

「旦那《だんな》。また何か」

「つかぬことをきくが、三月十六日、第六天神宮で殺しがあった夜のことだ。『興津屋』の甄右衛門が来ていたな」

「はい」

「奉公人や船頭に確かめてもらいたいのだが、何者かが甄右衛門が来ているかどうかを確かめにこなかったか」

「『興津屋』の旦那が来ているかどうかですか」

　女将は首を傾げてから、その場にいた船頭たちに声をかけた。

「誰か、きかれなかったかえ」

　船頭たちは首を横に振っている。

そのとき、奥から若い女中がおずおずと出てきた。丸顔の目の大きな娘だ。

「あの」

「なんだね」

女将がきく。

「私、きかれました」

「なに、きかれた？」

扇太郎が女中の前に立った。

「詳しく聞かせてもらおう」

「はい、六つ半（午後七時）過ぎでした。外までお客さんを見送り、引き返そうとしたとき、三十半ば過ぎの男のひとに声をかけられたんです。『興津屋』の旦那はもう来ているかときかれました」

「三月十六日に間違いないか」

「はい。殺しがあった日ですから間違いありません」

「どんな男か覚えているか」

「色白のにやけた感じの男のひとでした」

簑助に違いないと思った。

「おまえさんは何と答えたんだね」

「正直に、もうお出《い》でですと」

「その男は他に何かきいていたか」

「何かもっとききたそうでしたが、ちょうど、他のお客さんがやって来たのでそのままになってしまいました」

「男との話はそれきりになったのだな」

「はい」

「旦那、どういうことですか」

女将が細い眉根《まゆね》を寄せてきいた。

「いや、たいしたことではない」

扇太郎は曖昧《あいまい》に答え、『船政』を出た。

「やはり、簑助はほんとうに甄右衛門が来ているか確かめているんだ。それで、安心して、第六天神宮で甄右衛門を待っていたのだ。だが、甄右衛門は刺客を放った……」

「甄右衛門を問いつめますか」

「いや。まだだ。恐喝のネタがわからぬ」

「おさわのことじゃないんですか」

「おさわを買っただけじゃ恐喝のネタにならない。翫右衛門が言うことをきかないおさわを殺したとしても、そのことを簑助が嗅《か》ぎつけることが出来たとは思えぬ。この辺りのことをもう少し解き明かさないと翫右衛門を問いつめられない」

扇太郎は言い、

「ともかく、翫右衛門のところに行ってみよう」

「へい」

扇太郎は小網町二丁目の『興津屋』に向かった。

四半刻（三十分）余り後、扇太郎と伝八は客間で翫右衛門と向かい合った。

「まだ、第六天神宮の殺しの手掛かりは得られないのですか」

翫右衛門がきく。

「残念だが、まだだ」

扇太郎は素直に応じる。

「殺されたのは女衒《ぜげん》だそうですね」

「そう。貧しい家の娘を吉原に売るようなひとでなしだ。まあ、殺されても仕方のない男だが……」

扇太郎は言ってから、

「だが、どんな相手でも、殺しを許すわけにはいかないのだ」

と、翫右衛門の顔を見つめた。

「わかります」

翫右衛門は頷《うなず》く。

「翫右衛門どのは女衒と会ったことはあるか」

扇太郎は切り込む。

「いや、縁がありませぬな」

翫右衛門は平然と言う。

「失礼だが、『興津屋』は水戸さまともご懇意にしておられるのか」

「那珂湊には水戸さまの別荘もあります。ときたま、お招きいただきます」

「それはそれは」

扇太郎は素直に驚き、

「『興津屋』は代々の豪商なのか」

「みな、祖先のおかげです」

　甑右衛門は微笑みながら。

「那珂湊は奥州《おうしゅう》からの物資が集まり、そこから江戸に向けて船で運びます。私どもは回船問屋もやっていますので」

「たいそうなものだ」

「水戸さまだけでなく、あの周辺の大名家ともお付き合いはございます」

「付き合いというと、金を貸しているとか」

「まあ、そういうことでございます」

　甑右衛門は余裕の笑みを浮かべた。

　どうも妙だ。甑右衛門からは殺しを想像させような陰険さは感じられない。しかし、簑助は甑右衛門の動きを気にしていたのだ。

「甑右衛門どのは毎晩のように料理屋に繰り出されているようだが？」

「はい、江戸に来ると、いつもそうです」

「それも芸者を呼んで。わしらにはとうてい真似は出来ない」

　扇太郎はうらやましげに続けた。

「さぞかし、面倒を見ている女子《おなご》も大勢いるのでしょうな」

「妾《めかけ》のことですかな」

甑右衛門は笑った。

「妾はおりませぬ」

「妾が何人もいそうに思えるが。それも、若い女から年増まで」

扇太郎は甑右衛門の反応を窺《うかが》う。

「いや。今まで、妾にしたいと思う女に出会ったことはなかった。だが、ここに来て、私をその気にさせる女に出会った」

甑右衛門は真顔で言う。

「どんな女であろうか」

「向島の芸者です」

「お葉か」

「ご存じですか」

「知っている。なるほど、お葉か」

「ぜひ、落籍《ひか》せたいと思っています。千両箱をいくら積んでも」

「甑右衛門どのがそれほど夢中になるとは……」

「自分でも不思議に思っています」

「なれど、お葉は難しいと思う」

「はい。お葉に言われました。千両箱をいくら積まれてもだめだと」

「お葉はそういう女だ」

扇太郎は言い、

「もっと若い女には興味はないのか。たとえば。十七、八」

おさわの年齢を口にした。

「とんでもない。倅《せがれ》の嫁のような娘には何の興も湧きません」

甑右衛門は言った。

「息子さんはいくつか」

「二十二です」

「嫁をもらったのか」

「これから祝言を挙げることになっています」

「それはめでたいことだ。ちなみに、どこの娘御か」

「それは……」

珍しく甑右衛門は言い渋った。

「口に出来ない相手なのか」

「はい。じつは大名の姫君なのです」

「なに、大名の娘？」

「はい。私どもが融資をしている大名家です。まだ、名前はご勘弁を」

「驚いた」

扇太郎は正直に答えたが、甑右衛門の自慢話を聞かされているような気がして、うんざりしてきた。

それに、おさわとの関係は微塵《みじん》も感じられない。

扇太郎は思い切って、口にした。

「甑右衛門どのはおさわという娘をご存じか」

「おさわですか。どこのおさわでしょうか。那珂湊にもおさわという芸者がおりますが、まさかそのおさわではありますまい」

甑右衛門の表情に微塵も動揺は見られなかった。

もし、すべて計算の上での態度だとしたら、甑右衛門はとてつもない男だ。自分が太刀打ち出来る相手ではないと、扇太郎は舌を巻いた。

「旦那《だんな》さま」

襖《ふすま》の外で声がした。

「なんだね」

「失礼します」

襖が開いて、番頭らしい男が顔を出し、

「榎《え》並《なみ》さまがいらっしゃいました」

と、伝えた。

「もう、いらっしゃったか。奥にお通しして」

翫右衛門が命じる。

「我らはこれで失礼する」

扇太郎は腰を上げた。

「さようでございますか」

翫右衛門は口元を緩めたが、

「早く、下手人が見つかるよう祈っております」

と、頭を下げた。

扇太郎と伝八は『興津屋』を出た。

「怪しむところはありませんね」

伝八が首をひねった。

「正直な男なのか、なんでもよく話す。向島のお葉のことまで言いだすのだからな。

隠し立てをしているような陰湿さはない。まさか、計算してのことではないだろうが」

扇太郎は戸惑いを隠せなかった。

それから一刻《いっとき》（二時間）後。扇太郎と伝八は向島の新吉の家に行った。だが、新吉はいなかった。

『桔梗家』に行き、格子戸を開けて、伝八が奥に呼びかける。

「こちらに新吉さんは来てますかえ」

すると、隣の部屋から新吉が顔を出した。

「これは旦那に親分さん」

新吉は上がり框《がまち》までやってきた。

「今、いいか」

「へえ」

「甑右衛門のことだ」

「では、外に」

新吉は草履を履いて外に出た。

秋葉神社の境内に入り、植込みの近くで立ち止まった。

「まず、簑助らしき男が夜の六つ半（午後七時）ごろ、『船政』の女中に『興津屋』が来ているか確かめていたことがわかった」

「じゃあ。やはり、簑助は瓿右衛門に呼ばれたんですね」

「そうとしか考えられないのだが、瓿右衛門に会った感触はまったく違った」

扇太郎は瓿右衛門とのやりとりをつぶさに話した。

「嘘をついたり、隠しているような様子はなかった」

「……」

「おさわの名を出したときも、顔色は変わらなかった」

扇太郎は顔をしかめた。

「旦那の感触では瓿右衛門に怪しむところはないと？」

「うむ。ただ、あの男は素直なのか、はたまた腹黒いのかよくわからぬ。こっちがきかないことも口にする。いかに裕福かの自慢のようでもあるし、我らを煙《けむ》に巻くための饒舌《じょうぜつ》かもしれぬが」

「確かに、明け透けなお方のようですね」

「こんなことも言っていた。お葉を身請けしたいと。そんなことまで、口にする」

「そうですかえ」

　新吉は顔をしかめた。

「話した限りでは怪しむところはないが、簑助らしき男が『船政』の女中に『興津屋』が来ているか確かめていることが引っ掛かる」

「『興津屋』が来ているかだけを確かめたのですか」

「そうだ」

　扇太郎は答えたが、ふと思いだした。

「いや、女中の話では、そのことをきいたあと、客が来たので男は引き上げたと言っていた」

「じゃあ、続けて何かをきこうとしたということも考えられますね」

　新吉が指摘した。

「そうかもしれぬが、なにをきこうとしたのか」

「わかりませんが、簑助の関心は『興津屋』の連れのほうだったのかも」

「連れだと」

「簑助はその連れのほうに呼び出されたとは考えられませんか」

「連れか」

「その連れのことを確かめようとしたが、客が来たのでそのまま引き上げたと。いえ、翫右衛門に怪しむところがないことから、そんなことを考えただけですが」

「もう一度、その女中に当たってみる」

「『興津屋』は大名にもお金を貸しているということでしたね」

新吉が思いついたようにきく。

「そうだ。水戸家をはじめ、常陸《ひたち》の国のいくつかの大名に貸しているそうだ」

「そうですか」

「何か、気になるか」

扇太郎は新吉の顔色を窺《うかが》う。

「いえ」

新吉は首を横に振った。

「もしかしたら、簑助が殺されたのはおさわの件ではないのかもしれぬな」

扇太郎は呟《つぶや》くように言い、

「邪魔したな」

と新吉に声をかけ、扇太郎は伝八とともに秋葉神社の鳥居に向かった。

途中で振り返ると、新吉はまだ思案顔で立っていた。

三

翌日の夕七つ（午後四時）過ぎ、茂助が帰ってきた。新吉の家に現われた茂助は旅装のままだった。

「とっつぁん。ごくろうさま」

新吉は茂助に上がるように勧める。

「いや、足も汚れている。まっすぐここに来たから草鞋《わらじ》履《ば》きだ。ここでいい」

茂助は土間に立ったまま言う。

「濯《すす》ぎの水を持ってくるから」

新吉は桶《おけ》に水を入れて茂助の足元に置いた。

「草鞋を脱いだら、あっしの草履を使ってくれ」

「そうか。すまねえ」

茂助は上がり口に腰を下ろし、足を濯いだ。

手拭《てぬぐ》いで足を拭《ふ》いて部屋に上がる。

熱い茶を出すと、茂助はうまそうに飲んだ。

「新さん、どうも芳しくねえ」

湯吞《ゆの》みを置いて、茂助は切りだした。

「事情を話して頼んだんだが、旅籠《はたご》の宿帳は五年前のものはどこも土蔵に仕舞い込んであるようで、見せてもらえなかった」

「そうか」

「だが、最近の宿帳を見せてもらった。だが、『興津屋』の翫右衛門の名はなかった。今回も『興津屋』の旦那《だんな》は松戸宿に泊まっていない。だから五年前も泊まっていないかもしれない」

「やはり、船でやって来ているのだな」

翫右衛門の言葉に嘘はないようだ。

「ただ、ある旅籠でいっしょになった商人《あきんど》から貴重な話を聞けた。その男は水戸と江戸を行き来しているそうで、五年前の秋に、同じ旅籠で女衒《ぜげん》ふうの男と十二歳ぐらいの器量のいい娘のふたり連れを見かけたそうだ」

茂助は息継ぎをして続ける。

「その商人が言うのは、翌朝、江戸川の渡し船に乗るとき、そのふたりといっしょに武士がいたと」

「武士……」

「白髪まじりの武士はふたりの家来を連れていたそうだ。対岸についてから、ふたりは武士の一行といっしょに江戸に向かった。たまたま、同行しただけかわからないとは言っていたが」

「……」

「その商人はときたま女衒らしい男が娘を連れて道中をしているのを見かけるそうだ。ただ、そのときは娘が器量がいいので目を引いたと言っていた」

「武士か……」

新吉は呟いてから、

「とっつぁん、よくやった。こいつはお手柄かもしれねえ」

と、讃《たた》えた。

「そうかえ」

茂助は笑みを浮かべた。

「疲れたろう、きょうはゆっくり休んでくれ」

「疲れちゃいねえよ。そろそろ、新さんも出かける時分だな」

「うむ」

「じゃあ、仕事が終わったら、酒でも呑まないか。まだ、何か話し足りないような気がしているんだ」

「とっつぁんが疲れていなければそうしよう」

「俺は疲れてなんかいねえ。なんなら、これから船を漕《こ》いでもいいぜ」

「そんなに元気か」

「ああ、なんだか久しぶりに手応《てごた》えのある仕事をした気分だ」

「とっつぁん」

新吉は口調を改めた。

「なんだ？」

「今夜、船を出してもらえるか」

「今夜？　もちろんだが、何か」

「姐《ねえ》さんのお座敷の間に橋場を往復したいんだ」

「新さん、何かあったな」

茂助は厳しい顔できいた。

新吉は微《かす》かに頷《うなず》く。

「わかった。船着場に船を用意しておく」

そう言い、茂助は引き上げて行った。

新吉は柳行李《やなぎごうり》の底から刀をとり出した。十八歳のときの御前試合で一等になったときに殿から賜った国貞《くにさだ》の名刀である。

両手で捧《ささ》げ持ち、一礼してから刀を袋から取り出す。目釘《めくぎ》を外し、刀を鞘《さや》から抜いた。そして、柄《つか》から刀身を抜き、茎《なかご》を握って拭い紙で刃を拭き、打粉を打つ。身の引き締まる思いで、刀身にまんべんなく粉をつけ、それから拭い紙で打粉を払う。

さらに油を引き、刀身を立てて鍔《つば》をつけ、最後に茎を柄に納めて目釘を差し入れる。最後に握りを確かめ、鞘に納めた。

その夜の出先である『桜家』にお葉を送り届けたあと、新吉はいったん家に戻り、刀を布で隠すように包み、家を出た。

土手に上がって船着場に向かった。茂助がゆっくり船を桟橋に近づけた。蛙の鳴き声がしている。

新吉は乗り込んだ。茂助が棹《さお》を使って船を岸から離した。風があり、波が高い。ときおり船は大きく揺れた。

新吉は厳しい顔で前方を見つめていた。吉原の上空だけが明るく輝いていた。

船は橋場の船着場に着いた。

「とっつぁん。半刻《はんとき》（一時間）足らずで戻る」

新吉は陸《おか》に上がった。

「気をつけてな」

茂助の声を背中に聞いて、新吉は浅茅ヶ原に向かった。風に草木が揺れていた。時折、雲間から月影が射した。鏡ヶ池を目指すと、総泉寺の伽藍《がらん》が闇の中に浮かんでいる。

黒い影が立っていた。新吉は近づいて行く。黒い影もこっちに向かってきたが、途中で立ち止まった。

「なぜだ？」

向山五平太が声を張り上げた。

「俺は平岡伊一郎に果たし合いを申し入れたのだ」

「果たし合いなど無用です」

新吉は鋭く言う。

「無用ではない。俺は奴を斃《たお》さねばならぬのだ」

「誰のために？　亡くなった幡多忠次郎どののためですか。それとも、忠次郎どののの家族のため……」

「俺のためだ」

五平太は正直に答え、

「俺は、忠次郎からそなたを殺す助っ人を頼まれながら役に立たなかった。この八年間、腕を磨いてきた。それもこの日のためだ。それをまたもそなたが邪魔を……」

怒りを爆発させた。

「あのとき、そなたが否定をすれば、もっと早くけりがついていたのだ。下手人を匿《かくま》った罪は大きい」

「そもそもは、ひと違いをしたのは忠次郎どのです。あの夜、平岡は『大菱屋』に揚がった俺に会いにきた。殿に頼まれて帰参を促すためです。だが、俺は撥《は》ねつけた。平岡は落胆して『大菱屋』を引き上げた。それを俺だと見誤ったのは幡多忠次郎の取り巻きのひとりではないですか。平岡にしたら、とんだとばっちりです」

「見誤ったのは確かにこちらの落ち度。だが、問いかけに平岡は否定しなかったのだ。油木新次郎ではない、ひと違いだと言えば済んだのだ」

「そうです。その点は確かに平岡が悪い」

新吉はすぐさま、

「だが、平岡のために弁明するなら、平岡は俺への説得に失敗をしてむしゃくしゃしていたのです」

「そのようなことは関係ない。平岡伊一郎が忠次郎を斬った。その事実があるだけだ。卑怯《ひきょう》にもまた平岡は逃げた」

「逃げたのではありません。俺が引き止めた」

「平岡をかばい、八年間も俺たちを騙《だま》してきたそなたも同罪だ。こうなれば、そなたを先に斃すまで」

五平太は抜刀した。

「どうしてもやるのですか」

「そうだ」

五平太は正眼に構えた。

新吉は布を解き、刀をとって腰に差す。

「止むを得まい」

新吉は静かに刀を抜いた。

新吉は足を前後に開いて正眼に構えた。時折、木の枝が風に揺れて、葉音を立てた。

五平太は徐々に間合を詰めてくる。八年間、研鑽《けんさん》を積んだだけあって、かなりの腕前だと思った。

五平太の気が昂《たかぶ》ってくるのがわかった。新吉は下段に構えを移した。五平太はさらに間合を詰めた。

月が雲に隠れ、辺りが暗くなった。新吉は自然体のまま無の境地で対峙《たいじ》をしている。

雲が切れた。微かに明かりが射した瞬間、五平太が踏み込んできた。相手の剣が上段から襲いかかった。寸前まで辛抱し、刃先が頭上に迫ったとき、新吉は身を翻し、相手の剣を弾《はじ》いた。

五平太は体を崩したが踏ん張って素早く体を起こし、裂帛《れっぱく》の気合で斬り込んできた。新吉は相手の剣を鎬《しのぎ》で受け止め、押し返す。相手が押し返してきたところで横に跳んで剣を引いた。

五平太は前につんのめった。すぐさま体勢を立て直そうとしたとき、新吉の剣先が相手の利き腕を掠《かす》めた。

五平太は剣を落とした。右腕から血が流れた。五平太は左手で右腕を押さえた。そして、片膝《かたひざ》をついた。

新吉はすぐさま手《て》拭《ぬぐ》いを懐から出し、五平太の腕にきつく巻きつけた。

「なぜ、殺さぬ」

五平太が呻《うめ》きながら言う。

「無用なこと」

五平太は首を垂れた。

新吉は刀を鞘に納め、五平太を見つめた。

「幡多忠次郎どのを斬った翌日、平岡が俺のところにやってきた。藩の上役もいっしょだった。旗本の倅《せがれ》と大名の家来のもめごとは大きな火種になりかねない。平岡に腹を切らせても遺恨が残ると、上役は言った。平岡は青ざめた顔でいた。そのころ、平岡は妻女を娶《めと》り、妻女のお腹には子どももいた」

五平太は顔を上げて聞いている。

「普段は物静かな平岡が幡多さまに歯向かったのは、俺への説得に失敗したからです。女のために藩を辞めた俺をなんとか帰参させようと平岡は奔走してくれた。俺はその友情を撥ねつけた。俺にも責任があった。だから、相手が誤解しているなら、そのまま自分が罪をかぶろうとしたのです。それで、江戸から逃げた。そのことで、幡多さまを斬ったのが油木新次郎であることがはっきりした」

新吉はやりきれないように、

「そもそもは幡多さまの横恋慕だと言っては幡多さまに責任を押しつけてしまうことになりますが、平岡はこの件にはまったく関係ないのです。平岡こそ、災難と言うべきです。また、あなたも巻き込まれたひとり」

新吉は間を置き、

「巻き込まれた同士が果たし合いをして何が生まれるか。幡多さまの仇《かたき》を討つということがいかにばかげたことか」

「……」

「それからよく考えていただきたい。もし、あのとき、平岡が藩の名を正直に答えていたらどうなりましょう。さっきは旗本の倅と大名の家来のもめごとは大きな火種になると言ったが、非は幡多さまのほうにありました。襲ってきたのですから。そのことを楯《たて》に、仙北藩のほうが訴えたら、おそらく幡多家は存続さえ危ぶまれる事態に追い込まれたとは思いませんか。おそらく、仙北藩のほうは平岡の切腹、そして幡多家には取りつぶしを願ったと思います。失礼ですが、旗本とはいえ幡多家は五百石、かたや十万石の大名……」

新吉はそこで言葉を切り、

「そんな格式によって何事も左右される武士の世界がいやで浪人になったのですがね」

と、自嘲《じちよう》した。

「向山さま。忠次郎さまの兄君である幡多忠兵衛さまは私を弟の仇として刺客を放ちました。ところが、不正を働いていることが明らかになり、失脚しました。このことをどう思いますか」

「……」

五平太は俯《うつむ》いたままだ。

「昔の束縛から解き放たれて、新しい道をお進みくださいますよう願っております」

新吉は五平太を残し、船着場に急いだ。

茂助が舳先《へさき》で煙草を吸っていた。新吉を見ると、急いで灰を捨てて煙管《キセル》を仕舞った。

「新さん、その顔つきだと、無事にことは済んだようだな」

「ええ、終わった」

「そいつはよかった」

茂助は船を出した。

雲が切れ、月影が射し、波が光った。船は向島に向かっていた。

船着場に着くなり、新吉は陸《おか》に上がり、

「とっつぁん。すまねえ。そいつを預かってくれねえか。これから姐《ねえ》さんを迎えに行かなくちゃならねえ」

「任しな」

茂助に会釈をして、新吉は『桜家』に急いだ。

勝手口に入って行くと、ちょうど女中頭がいたので、

「すみません。お葉姐さんに後口の知らせが入ってましたかえ」

出掛けに、もし後口が入ったら『桜家』の女中頭に知らせるようにお琴に頼んでいたのだ。

「いえ、ありませんよ」

「そうですかえ」

お琴は現われなかったようだ。

「新さん、どこかへ出かけていたのかえ」

「へえ、ちょっと野暮用で」

「珍しいわね。もう、お葉さん、戻ってくるわ」

女中頭が言ったと同時にお葉はやってきた。

「姐さん、お疲れさま」

新吉は声をかけ、女中から三味線の入った桐の箱を受け取った。

新吉はお葉といっしょに外に出た。

「あっ、新さん。待って」

お葉が新吉の着物の袖《そで》に手を伸ばした。

「なんですね」

「ここ」

そう言い、新吉は腕を上げて袖を見た。

あっと、思った。一寸（約三センチ）ほどの裂け目が出来ていた。

向山五平太の剣の刃先が掠めたことにまったく気づかなかった。

「どうしたのさ？」

「ちょっとさっき木の枝に引っかけちまったので……」

お葉は疑わしい目をしたが、

「さあ、行きましょう」

と、促した。

「新さん」

「ああ、三囲さんにお参りですかえ」

「ええ」

お葉は三囲神社のほうにさっさと足を向けた。

「毎晩、何をお願いしているんですかえ」

新吉は追いついてきいた。

「……」

「こいつはいけない。よけいなことをおききしました」

ひとの心の内を覗《のぞ》き込むような真似をしたことに、新吉はあわてて謝った。

「いつだったか、言わなかったかしら」

鳥居の前にきたとき、お葉が口を開いた。

「さあ」

「新さんがいつまでも私の傍にいてくれるようによ」

そう言い、お葉は逃げるように鳥居をくぐって拝殿のほうに駆けて行った。

新吉は複雑な思いでお葉を見ていた。

四

翌日は陽射しも強く、汗ばむほどの陽気だった。もう、初夏の匂いがした。

昼前、扇太郎は柳橋の船宿『船政』にやって来た。諸肌《もろはだ》脱ぎの船頭が船を掃除している。

土間に入り、女将《おかみ》に先日の女中を呼んでもらった。

丸顔の若い女中は不安そうな顔で扇太郎の前にやってきた。

「この前の話で、確かめたいことがあるのだ」

扇太郎は静かに繰り出す。

「はい」

女中はこっくりと頷《うなず》く。

「男がおまえさんに、『興津屋』の旦那《だんな》は来ているかときいた。それに対して、おまえさんは来ていると答えた。そうだったな」

「はい」

「そのとき、新しい客がやってきたので、その男は離れて行ったということだった」

「そうです」

「その男だが、用が済んだから引き上げたのか。それとも、客が来たから離れて行ったのか。どうだ？」

「そういえば。新しい客が来たとき、顔をしかめたようです」

「顔をしかめた？　まだ何かきこうとしたが、邪魔が入ったという感じだろうか」

「もしかしたら、まだききたいことがあったのかもしれません」

女中は思いだすように言った。

「男は何をききたかったのだろう」

「さあ」

「もうひとりの客の名を出して、来ているかきこうとしたのではないか」

「そうかもしれません」

女中は自信なげに答える。

「あの夜、『興津屋』の翫右衛門に連れはなかったのか」

「ありません。おひとりでした」

「あとから来ることになっていたのでは？」

「いえ、どなたもお見えではありませんでした」

「いっしょにいた芸者はお国だったな」

「はい」

「よし。わかった。ごくろうだった」

扇太郎は『船政』を出て、柳橋を渡り、下柳原同朋町のお国の家を訪れた。

格子戸を開けて呼びかけると、すぐお国が出てきた。

「これは旦那」

お国は上がり框《がまち》まで出てきて腰を下ろした。

「きょうはなんですね」

「簑助が殺された夜のことできたい」

「まだ、下手人はわからないんですね」

「そうだ」

「私にきいたってわかりませんよ」

「『興津屋』の甑右衛門のことだ、あの夜、『船政』で甑右衛門といっしょだったな」

「代役ですよ。あの旦那は美代次姐《ねえ》さんが贔屓《ひいき》ですから」

「甑右衛門は向島のお葉にぞっこんらしい。自分でそう言っていた」

「そうですか」

　お国は含み笑いをし、

「あの旦那、なんでもあけすけですから」

「『船政』で、甑右衛門は誰かを待っていたようなことはなかったか」

「なんで、あの旦那のことを気にするんですかえ」

「じつは、あの夜、簑助らしい男が『船政』の女中に甑右衛門が来ているかときいているのだ」

「まさか」

「あの女中の言う特徴から簑助に間違いない。つまり、簑助は甑右衛門が来ていることで、安心して第六天神宮で相手を待っていたのだ」

「旦那が簑助を呼び出したってことですか」

「最初はそう思ったが、甑右衛門から話を聞く限り、そのような様子はないのだ。すると、甑右衛門の相手ではないか」

「相手？」

「甑右衛門が『船政』で待ち合わせた相手だ」

「旦那はひとりでしたよ」

「約束した相手がこられなくなったということはないか」

「いえ、あの日の旦那はひとと待ち合わせている様子はありませんでした」

「うむ」

扇太郎は唸《うな》ったが、

「翫右衛門はどんな話をしていたのだ？」

「たいした話じゃありませんよ」

「自慢話か。水戸さまや他の大名にも金をかしているという話ではないのか」

「その通りですよ。どんな大名も、自分には頭が上がらないとうそぶいていました」

「ずいぶんな自信家だ」

「正直なだけなんですよ。自分じゃ自慢をしているつもりはないんじゃないですか。聞いていて厭《いや》みには感じませんから」

「確かに、威張っているわけではないが」

扇太郎は改めてきいた。

「翫右衛門と親しい者を知っているか」

「乾物問屋の『伊丹屋』さんとは親しいようです」

「『伊丹屋』か」

翫右衛門が『伊丹屋』の主人といっしょに向島に来たと、新吉が言っていた。

「わかった、邪魔したな」

扇太郎はお国の家を出て、両国広小路を突っ切った。横山町《よこやまちょう》に差しかかったとき。

前方から伝八とその手下が駆けてきた。

「旦那。探しましたぜ」

伝八が言う。

「どうした、何かあったのか」

「伊佐吉殺しの下手人らしい浪人と両国橋ですれ違ったという職人がいましたね。右目横に大きな傷がある浪人です。嘉六親分が見つけ、近藤の旦那と会いに行きました」

「どこだ？」

「三河町《みかわちょう》三丁目だそうです」

「よし、行ってみよう」

扇太郎は伝八たちと柳原通りを西に向かった。

須田《すだ》町から三河町に差しかかったとき、前から駆けてくる浪人を見つけた。

「旦那、あの浪人」

伝八が叫んだ。目や鼻、口も大きく、右目横に大きな傷があるせいか、獰猛《どうもう》な感じだ。

浪人は足を止め、急いで路地に駆け込もうとした。扇太郎は素早く回り込んで、行く手を遮った。

浪人は刀の柄《つか》に手をかけた。

「おとなしくするんだ」

扇太郎は十手を構えた。

そこに、近藤左馬之助と嘉六が駆けつけてきて、浪人を挟み打ちにした。

「いきなり逃げだしやがった」

左馬之助が吐き捨て、

「神崎三十郎《かんざきさんじゅうろう》、観念せい」

と、迫った。

嘉六が腰の大刀を奪った。三十郎は無念そうに睨《にら》みつけた。

「扇太郎、助かった」

左馬之助は礼を言った。

神崎三十郎を本材木町《もとざいもくちょう》三丁目と四丁目の境にある大番屋に連れて行った。扇太郎も続いた。

大番屋で、まず左馬之助が取調べをはじめた。

「そなた、三月十六日の夜、どこにいた？」

「そんな古いこと、覚えておらぬ」

三十郎はとぼけた。

「横網町の長屋で伊佐吉なる男が殺された日だ。思いだしたか」

「知らぬ」

「思いださぬのか。三月十六日の暮六つ半（午後七時）過ぎ、そなたと両国橋ですれ違った者がいるのだ。伊佐吉を殺し、柳橋に向かうために橋を渡った」

「待ってくれ。伊佐吉という男など知らぬ。ましてや、殺してなどおらぬ」

三十郎は憤然と言う。

「しらをきってもだめだ。伊佐吉を殺したあと、柳橋の第六天神宮で今度は簑助を殺した。一晩にふたりを殺したのだ」

「ばかばかしい。俺はそんなことしておらぬ」

「では、なぜ、さっき長屋から逃げだしたのだ？」

「それは……」

「三月十六日の暮六つ半過ぎ、両国橋を渡ったことは認めるか」

「……」

「どうなのだ？」

「渡った」

「よし」

左馬之助はにやりと笑い、

「では、それまでどこで何をしていた？」

「回向院《えこういん》裏の呑《の》み屋にいた」

「なんという呑み屋だ？」

「『川勝《かわかつ》』だ」

「誰と？」

「ひとりだ」

「じゃあ、それを明かす者はいないのだな」

「店の亭主が覚えているはずだ」

「覚えていなかったら？」

「覚えている」

「なぜだ？　店の亭主と何かあったのか」

「……」

三十郎は頷《うなず》いた。

「どうした？」

左馬之助は問いつめる。

「喧嘩《けんか》になった」

三十郎は答えた。

「原因は？」

「支払いのことだ」

「その目の横の傷はそのときのものか」

「そうだ。亭主が投げつけた湯呑みが当たった」

「袖《そで》についていた血はそのときの？」

「そうだ」

「あっ、旦那《だんな》」

嘉六が思いだしたように、

「近頃、あちこちで無銭飲食している浪人がいると聞きました」

「無銭飲食？」

左馬之助は嘉六から三十郎に顔を戻し、

「そなた、無銭飲食を繰り返していたのか」

と、迫った。

三十郎は頷いた。

ふたりを殺した下手人ではないと、扇太郎は思った。

「無銭飲食がばれたと思ってさっきは逃げだしたのか」

左馬之助は呆《あき》れたようにきいた。

「湯呑みを投げつけられて、かっとなって『川勝』の亭主を殴りつけた。大怪我をしたのかと思ったのだ」

「ちっ」

左馬之助は舌打ちし、

「嘉六、『川勝』に行って確かめてこい」

「へい」

嘉六は大番屋を飛び出して行った。

「近藤さま、どうやら違うようですね」

扇太郎も落胆した。

左馬之助は忌ま忌ましげに、

「とんだ骨折りだ」

と、言い捨てた。

扇太郎は三十郎に近付き、

「同じ頃、横網町の長屋でひと殺しがあった。斬ったのは覆面をした浪人風の侍だ。その侍はそのあと柳橋でもうひとり殺した。両国橋を渡っているのだ。不審な侍と出会わなかったか」

と、きいた。

「覆面？」

三十郎は太い眉《まゆ》を寄せ、

「そういえば、橋の袂《たもと》で見かけた侍がいたが、懐から黒いものが飛び出てきた。あれは覆面だったかもしれぬ」

「どんな浪人だ？」

「浪人ではない。月代《さかやき》はちゃんと剃《そ》ってあった。あれは主持《しゅうも》ちだ」

「主持ち……」

「どんな顔だちだ」

左馬之助がきいた。

「細面で目がつり上がっていた。そう鷲鼻《わしばな》だ」

扇太郎は今までの考えが成り立たないことに戸惑った。

浪人なら何者かに金で雇われたとも考えられるが、主持ちとなると事情が変わってくる。我が事の恨みも考えられなくはないが、主持ちが勝手に殺しをするとは思えない。やはり主家のためという大義名分がなくてはならない。

簑助殺しの背景にはもっと深い事情が隠されている。扇太郎はそのことに改めて気づかされた。

第四章　輿入れ

一

新吉の家に、扇太郎が訪れた。

きょうはひとりだ。

「伝八親分は？」

上がり口に腰を下ろした扇太郎に、新吉はきいた。

「柳橋の船宿で、主持ちの武士の客を調べている」

「主持ちの武士？」

新吉は思わずきき返した。

「じつは、そのことを話しに来た」

と言い、扇太郎は神崎三十郎という浪人の話をした。

「では、簑助と伊佐吉を殺したのは浪人ではなく主持ちだと?」

「そうだ。細面で目がつり上がり、鷲鼻だという。おそらく、その者が殺したのであろう。だとすると、お家のために、あるいは主人から命じられての凶行だ」

扇太郎は渋い顔で言い、

「これまでの考えを直さなければならぬ。商家の主人が恐喝をしてくる簑助と伊佐吉に刺客を立てたという考えは正さねばならなくなった。そうなると、『興津屋』の甑右衛門は容疑から外れるな」

「しかし、簑助が『船政』の女中に甑右衛門のことを訊《たず》ねたことをどう考えますかえ」

新吉は疑問を口にする。

「ほんとうは甑右衛門の連れのことをききたかったのではないか。だが、客が現われたため、それだけで引き下がったのだ」

「甑右衛門に客はあったんですかえ」

「なかったそうだ」

「そうですか」

「いずれにしろ、簑助が恐喝していたのは武士かもしれぬ」

「じつは茂助とっつぁんがもう一度松戸宿に行って聞き込んできたのですが、武士の一行に簑助とおさわが加わったようなのです」

そのときの様子を話し、

「その武士は鬢《びん》に白髪が交じっていたそうです。そこそこの役職のお方でありましょう。ひょっとしたら、簑助はその武士におさわを譲ったのかもしれません」

「武士はなぜ、おさわを？」

「わかりませんが、器量のよいおさわを養女にして、いずれ藩主の側室に送りこもうという野心からという想像も出来ますが」

仙北藩でも家老が養女を殿の側室にしたことがあった。その側室が男の子を産めば次期藩主になるかもしれない。そうなれば、家老の発言力も大きくなる。だが、側室が産んだのは女の子で、家老の目論見《もくろみ》は外れた。

そのことを思いだし、新吉は言ったのだ。

「なるほど」

扇太郎の目が鈍く光った。

「その武士は水戸街道を使って国元と江戸を行き来している。甑右衛門はいくつかの大名に金を貸していると言っていた。おさわを譲り受けた武士と甑右衛門は親しい間柄であったのではないか。簑助はそのことを知っていたのだ」

「翫右衛門はおさわのことは知らないようですね」

「そうだ、翫右衛門は関係ない。翫右衛門の知り合いの武士が簑助と関わっていたのだ」

扇太郎は急に表情を翳《かげ》らせた。

「相手が大名の家来となると、ちと面倒だ」

「奉行所は迂闊《うかつ》に手が出せないということですね」

「明らかな証《あかし》があればいいが」

「ともかく、どこの大名家かを探り出すことが先決です。あっしが翫右衛門に会って、付き合いのある大名家の名を聞き出してみます」

「そうしてくれるか。わしがしつこくきいていたことが知れたら、大名家から苦情が奉行所にあるやもしれぬでな」

「わかりました」

「翫右衛門に会う前に、乾物問屋の『伊丹屋』から話を聞いたほうがいいかもしれぬ。翫右衛門が口に出来ないことも知っているかもしれないからな」

「わかりました。そうします」

扇太郎が引き上げたあと、新吉は茂助のところに行った。

茂助は裏で薪《まき》割りをしていた。

「とっつぁん。手伝おう」

新吉が斧《おの》を借りようと手を差し出したが、

「いいってことよ。このぐらい、たいしたことはねえ。それより、何か用か。ひょっとして船か」

と、斧を下ろして言う。

「頼みづらいが、じつはそうなんだ」

「遠慮などするな。いつだっていいぜ」

「今からでもいいか」

「もちろんだ」

茂助は元気だった。

それから半刻《はんとき》（一時間）後、新吉は築地《つきじ》明石町《あかしちょう》にある乾物問屋『伊丹屋』の客間にいた。伊丹屋は向島の箱屋の新吉と名乗ると、客間に招じてくれた。

「突然の訪問にも拘《かかわ》らず、恐縮です」

新吉は目の前に腰を下ろした痩身《そうしん》の主人に頭を下げた。

「なあに、こっちもお葉姐《ねえ》さんには世話になっているのだ。で、興津屋さんのことだそうだね」

伊丹屋が目を細めたのは、お葉の用事で来たのだと思い込んでいるからだ。翫右衛門はお葉を落籍《ひか》せようとしていることは、当然のことに伊丹屋も知っているのだ。

「興津屋さんは那珂湊で回船問屋もなさっているとか」

新吉は口を開いた。

「そうです。那珂湊は奥州からの物資を江戸に運ぶ拠点ですからその賑《にぎ》わいはたいそうなものです。そこで海運を一手に引き受けているのですから、『興津屋』の繁栄は想像が出来ましょう」

「はい。なんでも大名にもお金を貸しているとか」

「本店には大名家の家老や用人どのが日参しているという噂です」

「たいしたものですね」

「そうです。お葉さんも那珂湊で豪勢な暮しが出来ましょう」

新吉はそのことには触れず、

「興津屋さんは江戸でも大名家のお方とはお会いになっているのでしょうか」

「江戸では会わないようにしているようです。ある大名家だけは別です」

「ちなみにどこでしょうか」

「それが何か」

伊丹屋が窺《うかが》うような目を向けた。

「ええ、姐さんが知りたがっていましたので」

「そう、お葉さんが……」

伊丹屋は躊躇《ためら》いがちに口を開いた。

「水戸さまは別として、常陸森《ひたちもり》藩石丸《いしまる》家の用人どのとは毎回江戸にくれば会っているようです」

「常陸森藩石丸家ですか。どこでお会いになるのでしょうか」

「料理屋です」

「柳橋の船宿は？」

「そこも使うでしょうね」

「伊丹屋さんはその用人どのとお会いになったことはおありですか」

「ええ、興津屋さんといっしょに会ったことはあります」

「そうですか。すると、その用人どのと向島にも来ることはあり得ますね」

「そうかもしれません」

「用人どののお名前はわかりますか。いえ、もし向島にいらっしゃったときのために心に留めておこうかと思いまして」

「そうですか。榎並卯《う》三郎《さぶろう》さまです」

「榎並さまは江戸詰めでございますね。国元にも行くことがおありなのでしょうか」

「年に何度かは往復しているようです」

「ところで、なぜ、常陸森藩とだけはお会いになるのでしょうか」

「それは」

伊丹屋は言いさした。

「申し訳ありません。興津屋さんからお聞きください」

「ひょっとして、翫右衛門さんの嫡男の嫁御は常陸森藩石丸家から嫁いでくるのでは？」

「ご存じでしたか」

伊丹屋は素直に認めた。

「はい。今度、長男が嫁をもらうと仰《おっしゃ》っていましたので」

あのとき、それ以上きかなかったから答えなかっただけで、どこの娘かときいていたら、翫右衛門は大名の姫君と答えたかもしれない。

『輿津屋』はそれだけの商家ということです。その主人に落籍されたら、これほどの誉れはありますまい。お葉さんのためにも、よい話です」

伊丹屋は満足げに言う。

「わかりました。今、お伺いした話をお葉姐さんにお伝えしておきます」

新吉は腰を上げた。

「そうですか。ぜひ、お葉さんにはよい返事をと」

伊丹屋はまるで翫右衛門の家来のように振る舞っているようだ。どうやら、伊丹屋も翫右衛門から金を借りているのかもしれない。

『伊丹屋』を出て、新吉は明石橋の傍にある船着場から茂助の船に乗り込んだ。

「とっつぁん。じゃあ日本橋川に入って箱崎橋の近くにつけてくれ」

「わかった」

茂助は大川を上り、石川島《いしかわじま》の脇を通り、霊岸島《れいがんじま》に近付き、永代《えいたい》橋の手前で日本橋川に入って行った。

茂助は行徳河岸《ぎょうとくがし》の外れに船をつけた。荷を積んだ船がたくさん河岸についていて、荷を下ろしていた。

新吉は陸《おか》に上がり、小網町二丁目の『興津屋』に向かった。

大きな間口の店に入ると、いきなり声をかけられた。

「新吉さんじゃないか」

瓺右衛門は店に出ていた。

「これは旦那《だんな》。ちょっと近くまで来たのでお寄りをいたしました」

新吉は挨拶《あいさつ》をし、

「少しよろしいでしょうか」

と、確かめる。

「もちろんだ。向こうへ」

瓺右衛門は新吉を店の脇にある小部屋に通した。

「たいそうな繁盛ですね」

新吉は感嘆して言う。

「那珂湊はこんなものではない」

瓺右衛門は笑った。

「じつはお伺いしたいことがございまして」

新吉は切りだす。

「じつは、今、『伊丹屋』さんのところに行って参りました」

「『伊丹屋』さんに？」

甑右衛門は怪訝《けげん》そうな顔をした。

「はい。お葉姐さんに正しい旦那の姿をお知らせするためにも伊丹屋さんからも話を聞いたほうがいいと思いまして」

新吉はここでもお葉を出しに使った。

もっとも、お葉のことがなければ、伊丹屋も甑右衛門も箱屋風情に会ってくれなかったはずだ。

「そうか。で、何かわかったかな」

「『輿津屋』さんの凄《すご》さが改めてわかりました」

「そうか」

甑右衛門は満足そうに笑った。

「ただ、嫡男の嫁御が大名家の姫君だと伊丹屋さんが仰っていたのですが、まさかそれはないだろうと思い、失礼かと思いましたが、そのことを確かめたくて」

「まことです」

「それはそれは」

新吉は大仰に驚いて見せ、

「ちなみにどちらの姫君でいらっしゃいますか」

と、きいた。

「常陸森藩の石丸越後守《えちごのかみ》さまの次女松姫《まつひめ》だ」

「では、石丸家とは縁戚《えんせき》関係になられるのですね」

「そうだ」

「いつ祝言を？」

「五月だ」

翫右衛門は顔を綻《ほころ》ばせ、

「倅《せがれ》に松姫が、わしのところにお葉が来てくれたら天下をとったも同然」

と、単純に喜んでいる。

「常陸森藩の領国は那珂湊から近いのですか」

「それほど離れてはいない」

「参勤交代は水戸街道を使われるのですね」

「そうだ」

「石丸家のお方とはよくお会いなさるのですか」

「用人どのとは祝言の件もあるので、よく会っているな」

「用人さまはなんという名でいらっしゃいますか」

「榎並卯三郎さまだ」

　何ら疑うこともなく、甑右衛門は答える。

「榎並さまと向島に遊びにいらっしゃるようなことはないのでしょうか」

「そうだな。あのお方は堅物だ。あのような場所は苦手かもしれぬな」

「では、いつもどういうところで？」

「料理屋や船宿だが、いつも楽しんではいないようだ」

　甑右衛門は苦笑した。

「船宿は『船政』ですか」

「うむ。そこが一番多いか」

「いつぞや旦那は『船政』にひとりでお出でしたね」

「うむ」

「ひとりのときも多いのですか」

「いや、あのときは榎並さまをお誘いしたが、用事があって来られないと知らせがあったのだ。それで、ひとりで行った」

「榎並さまは旦那が『船政』に行かれることを知っていたのですね」

「そうだ」

答えたあと、甑右衛門が不思議そうな顔をした。新吉はあわてて、

「旦那は美代次姐《ねえ》さんをお呼びになるそうですね」

と、話題を移した。

「そうだ。美代次からお葉の話を聞いたのだ」

「榎並さまは美代次姐さんを見ても何にも感じないのでしょうか」

「なぜ、そんなことをきく？」

甑右衛門は訝《いぶか》った。

「いえ、堅物の榎並さまがお葉姐さんにはどのような態度を示すのか、ちょっと興味がありまして」

「なるほど。それも一興だな」

甑右衛門は含み笑いをした。

「ぜひ、向島に」

「今度、また会うことになっている。では、向島に行こう」

「ありがとうございます」

新吉は頭を下げてから、

「榎並さまは江戸詰めだとしたら国元には行かれないのですか」

「いや、あのお方は年に江戸と国元を何度か行き来している」

「そうですか。では、お待ちしておりますので、ぜひ榎並さまとごいっしょに向島に」

新吉は別れの挨拶をして腰を上げた。

帰りの船に揺られながら、簑助を呼び出したのは榎並卯三郎ではないかと思った。五年前、簑助とおさわといっしょになった鬢《びん》に白髪の交じった武士もまた榎並卯三郎だ。

「とっつぁん」

新吉は櫓《ろ》を漕《こ》いでいる茂助を見て、

「松戸宿の武士が見つかったような気がする」

と、口にした。

「ほんとうか、新さん」

「うむ。おさわを何のために譲り受けたのかがわかったような気がする」

「何のためだ？」

「あっしの考えが間違ってないか、確かめてから話す。事は重大だから」

「なんでえ、教えてくれないのか」

「あっしの思い過ごしならいいんだが、おさわの命に関わる事態に……」

新吉は川面を渡って吹きつける風を受けながら、おさわの運命に思いを馳せていた。

二

数日後、お葉はお波から切り火を受けて『桔梗家』を出た。新吉は三味線の箱を持ってついて行く。

「今日の客は『興津屋』の旦那《だんな》だそうですね」

新吉は声を潜めてきいた。

「ええ。また、身請けの話をされるのかしら」

お葉は眉根《まゆね》を寄せた。

「たぶん、榎並卯三郎というお侍さまといっしょだと思います」

「榎並卯三郎……さま？」

「ええ。お願いがあるのですが」

そう言い、新吉は終わったあと船着場まで見送りに行くようにと頼み、

「その際、あっしは榎並さまにあることを訊《たず》ねたいのです。それを旦那の耳にいれたくないので、旦那と榎並さまを引き離すように……」

お葉は聞き終えてから、

「最近の新さん、何かこそこそやっているみたいね」

と、すねたようにきいた。

「すみません。いずれ、ちゃんとお話しいたしますので」

「嘘よ。わかったわ。任せておいて」

「へい」

新吉は苦笑した。

『武蔵屋』に着き、勝手口から入る。

「さあ、お葉姐さん、早く。もうお待ちかねよ」

女中頭が急《せ》かす。

「『興津屋』の旦那の連れはお侍さんですかえ」

新吉はこっそりきいた。

「ええ、鬢に白いものが目立つお侍さま」

「わかりました」

新吉は三味線の箱を女中頭に渡した。

「じゃあ、姐さん」

「はい」

お葉は芸者の控えの部屋に行き、三味線を取り出して座敷に向かうのだ。

新吉はいったん『桔梗家』に戻った。二階から三味線の音が聞こえた。

新吉は長火鉢の前に座っているお波の前に行った。

「お琴ちゃんですね」

新吉は二階を指さして言う。

「そうよ」

「うまくなりましたね」

新吉が褒める。

「ええ、上達は早いわ」

「踊りもいいそうですね」

「ええ。覚えがいいわ」

「楽しみですね」

新吉はそう言ったが、

「でも、お琴ちゃんは今十四ですね。いずれ、半玉としてお座敷に出るようになるんでしょう」

と、口にした。

「ええ、お葉についてね」

「向島はひとりだけ若い芸者が許されているってことですが、お琴ちゃんが一人前になったらどうなるんですかえ」

「そうね」

お波は火鉢をつかんで灰と炭を直した。顔を俯《うつむ》けたが、目の辺りが翳《かげ》っているように思えた。

「姐さん、まさか」

新吉が思わず声を発した。

「新さん、まだ先のことを考えるのはやめましょう。野暮ってものよ。少なくとも数年はこのまま」

「数年……」

そのあとは、という問いかけを喉《のど》の奥に呑《の》み込んだ。

「あら。新さん、いらっしゃったんですか」

いつの間にか、お琴が居間に入ってきた。

「お琴。新さんが三味線が上達したって驚いていたよ」

「まあ」

「ほんとうだ。うまくなった。あっしは三味線は弾けねえが、お波姐《ねえ》さんやお葉姐さんの三味線を聞いているので耳は肥えている」

「うれしい、新さんに褒めてもらって」

お琴は素直に喜んだ。

「それに、ますますきれいになって行く」

「いやだわ、新さんたら」

その流し目にはういういしい色気があった。

「そうだね」

お波も目尻《めじり》を下げてお琴を見ていた。

新吉は胸の辺りがざわついた。その後、三人でたわいない話をしていたが、新吉は妙に落ち着かず、立ち上がった。

「では、迎えに行ってまいります」

「早いんじゃないのかえ」

お波が言うのを聞き流して、新吉は逃げるように外に出た。夜空を仰いで、新吉はため息をもらした。

さっき感じた不安はなんだったのだろうか。新吉は不安を振り払うように足早になって『武蔵屋』に向かった。

月影はさやかだった。『武蔵屋』の女将《おかみ》や女中たちに見送られて、『輿津屋』の甑右衛門と老武士がお葉といっしょに出てきた。

門の脇に控えていた新吉は甑右衛門に挨拶《あいさつ》した。

「榎並さま。この男が箱屋の新吉でございます」

甑右衛門が武士に言う。

「さようか。榎並卯三郎だ」

「箱屋の新吉にございます」

新吉は頭を下げた。

月の光を浴びた榎並卯三郎の顔は厳《いか》めしく、いかにも頑迷そうに思えた。

「さあ、行きましょう」

お葉が甑右衛門に声をかけた。

一行はゆっくり土手に向かって歩きだした。月明かりに提灯《ちょうちん》は不要だった。

お葉はゆっくり甑右衛門と連れ立っている。榎並卯三郎は軽い足取りで前を行く。

新吉は横に並び、

「榎並さま」

と、囁《ささや》くように呼びかけた。

「なにか」

「榎並さまはお子さまは？」

「ふたりいる」

「娘さんでいらっしゃいますか」

「ひとりはな。もう嫁いでいるが？」

「養女どのはいらっしゃいますか」

「そなた、何のためにきいているのだ？」

「お気にさわったらお許しください」

新吉はあわてて頭を下げた。

しばらく無言で歩く。

「榎並さまは江戸と国元を行き来しているとお伺いしましたが」

新吉は再び切りだした。

「うむ」

「水戸街道をお使いでございますね」

「そうだ」

「松戸宿でお泊まりになるのでしょうか」

「それがどうした？」

榎並卯三郎は不機嫌そうになった。

「五年前の秋、松戸宿を通られましたか」

新吉は構わずきいた。

「なぜ、そのようなことをきく？」

「はい。じつは五年前のその時期、女衒《ぜげん》の簑助という男が十二歳のおさわという娘を連れて松戸宿を通っているのです。ひょっとして、そのふたりを見かけなかったかと思いまして」

「……」

「いかがでしょうか」

「なぜ、そのようなことをきく？」

「女衒の簑助とおさわはお武家さまの一行といっしょになったそうなのです。お武家さまの一行がどなたか調べております」

「知らぬな」

榎並卯三郎は顔をしかめて言う。

「じつは、おさわの母親が娘を捜しに江戸に出てきているのです。ところが、女衒の簑助はおさわをどこに売り飛ばしたか言わないまま、先日殺されてしまいました」

「……」

「榎並さまは簑助と会われたことはございませんか」

「女衒などに用はない」

背後から、翫右衛門の上機嫌な声が聞こえてくる。

「榎並さまは翫右衛門さまのご子息をご存じでしょうか」

「新吉。そなたは何の狙いがあって、さっきからわしにいろいろきいてくるのだ」

「申し訳ありません。さきほども申しましたとおり、母親のためにおさわを捜そうとしているのです」

「わしに関係ない」

「榎並さまは柳橋の船宿『船政』に翫右衛門さまといっしょに行かれたことがございますね？」

「それがどうした？」

「じつは、簑助は何者かに柳橋の第六天神宮に誘《おび》き出されて殺されたのです。その前に、簑助は『船政』の女中に翫右衛門さまが来ているか確かめているのです。でも、簑助を誘き出したのは翫右衛門さまではありません」

「……」

「わしだというのか」

そう言い、榎並卯三郎は立ち止まった。

「そなた、わしになにか含むところがあるのか」

「とんでもない。ただ、つれづれのまま、思いついたことをお訊《たず》ねしてしまいました」

「偽りを申せ」

榎並卯三郎は厳しく言い、

「なぜ、わしに目をつけたのだ？」

と、迫った。

「目をつけたなどと滅相もない」

新吉はあわてて言い、

「ただ、甑右衛門さまと親しいことから……」

「もうよい」

榎並卯三郎は大声を張り上げた。

甑右衛門とお葉が追いついてきた。

「榎並さま、どうかいたしましたか」

甑右衛門が不審そうにきいた。

「なんでもござらん」

榎並卯三郎は首を横に振った。

その後、榎並卯三郎は押し黙ったままだった。

船着場に着き、甑右衛門がお葉に言った。

「お葉、那珂湊に来い。一生、贅沢《ぜいたく》をさせてやる」

「旦那《だんな》、私は贅沢は望んでいません。向島を離れる気もありません」

「よく考えろ」

甑右衛門はそういい、船に乗り込んだ。すでに、榎並卯三郎は船の中にいた。

船がゆっくり岸から離れて行く。

「新さん。榎並さまと何を？」

船を見送りながら、お葉がきいた。

「おさんさんの娘のおさわの行方を、榎並さまがご存じのように思えるのです」

「榎並さまが？」

「ええ、五年前、松戸宿で簑助が出会ったのは榎並さまではないか」

「榎並さまがおさわちゃんを？」

「ええ」

「どうして？」

「これからはっきりさせます」

「榎並さまはだいぶお怒りのように思えたけど？」

「ええ、かなり、ご気分を害されたようです」

「だいじょうぶかしら。あとで、新さんに意趣返しを……」

それが狙いだという言葉を喉元《のどもと》で押し留《とど》めた。

「さあ、姐《ねえ》さん。引き上げましょう」

新吉はお葉の手をとり、桟橋から土手に上がった。

「姐さん、『興津屋』の旦那は相変わらずでしたか」

「ええ。自分がいかに金持ちかということを延々と述べていたわ。ある意味無邪気なお方かもしれないわね」

「いえ。ご長男に常陸森藩の藩主石丸越後守さまの姫君を嫁にもらうそうです。そうやって、『興津屋』の格を上げて行こうとしているんです。かなりな野心家ではないでしょうか」

「お金でなんでも支配出来ると思っているようね」

「ええ」

「そんなひと、真っ平御免よ」

お葉は三囲神社の鳥居に向かった。新吉もあとに従う。

拝殿に向かって手を合わせているお葉の背中を見つめながら、新吉はふとお琴に思いを馳《は》せた。

いずれ、お琴は一本になる。そのとき、向島はふたりの芸者を認めるのだろうか。

認めなかったらどうなるのか。

お琴が向島を出て行くのか。それともお葉が……。

「新さん」

その声で、新吉ははっと我に返った。

「新さん、どうしたの？」

「すみません。ちょっと考え事をしていて」

「ずいぶん、怖い顔をしていたわ」

「そうですかえ」

新吉は顔に手をやった。

「姐さんは向島に骨を埋《うず》めるつもりですかえ」

新吉はきいた。

「なにさ、藪《やぶ》から棒に」

お葉が驚いたようにきく。

「いえ、ちょっと十年後のことが頭を過《よぎ》って。そのときも、こうして姐さんがお参りをしているのを、あっしがこうして待っているのだろうと想像して……」

「そうね。じゃあ、二十年後は？」

お葉が傍にきて新吉の顔を見上げて言う。

「二十年後も同じでしょう」

「じゃあ、三十年後は？」

　お葉は真顔になった。

「姐さん、あっしは一生姐さんをお守りしていきます。三十年経とうが四十年経とうが姐さんのお傍に置いていただきます」

「新さん。ほんとうよ、約束よ」

　お葉は小指を出してきた。新吉は手を上げてお葉の指に自分の小指を絡めた。新吉は切ない思いにかられながらお葉の顔を見つめた。お葉はいつまでも指切りの指を解こうとしなかった。

三

　翌日の朝、新吉は浜町堀にある常陸森藩石丸家の上屋敷の前にやって来た。

　石丸家は十万石の大名だ。長い表長屋が続いている。新吉はあえて長屋の前を行き過ぎる。

正面の長屋門に出た。門番の目につくような場所から長屋門を見ていると、くぐり門から門番らしい大柄な侍が出てきた。

「さっきからなにをうろついているのだ？」

侍は野太い声できいた。

「へえ、このお屋敷の中に、知り合いの娘がいるんじゃないかと思いましてね」

「知り合いの娘だと？」

「榎並卯三郎さまに連れてこられた娘です」

「なに寝ぼけたことを言っておる。さっさと引き上げろ」

「榎並さまにはご養女はいらっしゃいませんか」

「おらぬ。さあ、帰れ。帰らぬと、痛い目に遭わす」

侍は仁王立ちになった。

「へえ、わかりました。引き上げます」

そう言ったあとで、

「ひとつ、お訊《たず》ねしたいことがあるのですが」

「訊ねること？　なんだ？」

「三月十六日の昼前、簑助という三十半ばぐらいの男が用人の榎並卯三郎さまを訪ねてきたのではないかと思うのですが、そのことを確かめたいのです」

「そんな男は知らぬ」

「他の門番のお方にもお確かめいただけませんか」

「俺はずっと常駐していた。そんな男は来ていない。さあ、帰れ。言うことをきかぬと」

侍は刀の柄《つか》に手をかけて威《おど》した。

「わかりました。榎並さまに向島の新吉がやってきたとお伝えください」

その侍から離れ、新吉は新大橋《しんおおはし》のほうに向かった。すると、後ろから追いかけてくる足音をきいた。立ち止まって振り返ると、同心の梶井扇太郎と岡っ引きの伝八だ。

「新吉、やはり、ここに来ていたか」

「旦那《だんな》方は？」

「『伊丹屋』に甑右衛門のことでききに言ったら、そなたがやって来たと言っていた。そこで話に出たのが榎並卯三郎という武士のことだ。それで甑右衛門にきいたら、常陸森藩石丸家の用人だという」

「そうでしたか。じつは」

と、新吉は続けた。

「五年前の秋、松戸宿で簑助といっしょになったのは榎並卯三郎ではないかと睨《にら》んでいるのです」

「榎並卯三郎がおさわを譲り受けたということか」

「はい。根拠は簑助が柳橋の第六天神宮に誘《おび》き出されたことです。あっしが簑助を田町一丁目の家に訪ねたあと、簑助はこの屋敷にやってきたのに違いありません。榎並卯三郎に会いにです。榎並卯三郎は甑右衛門と『船政』で会うから第六天神宮で待つように言った……」

「そなたの想像でしかないな」

「はい。それに、なにをネタに簑助が威していたのかもわかっていません」

「うむ」

「でも、あっしにはおさわがあの屋敷にいるような気がしてなりません」

「しかし、それを確かめるのは難しい」

「ええ、承知しています。だから、あっしは榎並卯三郎を挑発しているんです」

「挑発だと？」

「はい」

新吉は昨夜の向島の一件を話し、

「もし、あっしの考えが当たっていたら、あっしを消しにかかるはずです。それを待っているのです」

「危険ではないか」

扇太郎は眉根《まゆね》を寄せた。

「証《あかし》がない以上、他に手がありません。簑助の恐喝のネタはおさわに関係していることは間違いないと思います。ただ、仮にあの屋敷におさわがいたとしても、それだけでは何の問題はないはずです。ただ、気になることが」

「なんだ？」

「甑右衛門の嫡男が石丸家の姫君を嫁にもらうことになっているそうです。この姫君に関わりがあるのかもしれません」

「大名の姫君が『興津屋』に嫁入りか」

扇太郎は顔をしかめ、

「おそらく石丸家は金を、『興津屋』は名誉だろう。翻弄《ほんろう》される姫君は可哀そうだ。いや、なに不自由ない暮しが出来れば姫君も御の字か」

「梶井さま」

新吉はふと思いついて、

「その姫君について調べていただけませんか」

「何かあるか」

「わかりませんが、一応知っておいたほうがいいかもしれません」

「よし。石丸家と付き合いのある与力どのもいる。きいてみる」

「ついでに、榎並卯三郎についても」

「わかった」

新吉は扇太郎と別れ、薬研堀から両国広小路を突っ切って下柳原同朋町に入って行った。お国の家を探し、格子戸を開けた。

すぐの部屋で、お国は三味線の稽古《けいこ》をしていた。

「あら、新さん」

お国は撥《ばち》と三味線を脇に置いて立ち上がってきた。

「すみません。突然、お邪魔して」

「いいんですよ」

「吉原のぴん助さんから姐《ねえ》さんのところに何も言ってきていませんか」

「ええ。何も」

「そうですか」

「何かあったのかえ」

お国が心配そうにきく。

「いえ、たいしたことでは……」

新吉は曖昧に答える。

「新さん、小紫さんのことじゃないの」

「そんなんじゃありません」

「新さんは、私が美代次姐さんにそそのかされていると思っているようだけど、そうじゃないの。小紫さんも油木新次郎さまの栄達を願っていた。ほんとうよ。新次郎さまがいなくなったあと、ある旦那の酒席でいっしょになったことがあるの。沈んでいる小紫さんに慰めの声をかけたら、もう二度と会えなくても新次郎さまがまた仕官し、栄達がなるなら本望だって、私にそう言ったわ」

「……」

「新次郎さまが藩をやめるようになったのは自分のせいだと、小紫さんは苦しんでいたわ。自分がいたんじゃ、新次郎さまのためにならない。だから、新次郎さまが江戸を離れたあと、これでよかったんだと泣きながら言っていた……」

「小紫が……」

　新吉は胸が締めつけられた。

「ほんとうにそんなことを言っていたんですかえ」

「ええ。やっぱり、新さんは油木……」

　お国はあとの言葉を呑んだ。

　小紫の自分に寄せる思いの深さを知って、新吉はいたたまれなくなった。

「新さん、ぴん助さんに何か頼んだのね。何？」

「三年前に年季明けで吉原を去った小紫と仲がよかった花魁《おいらん》の居場所を調べて知らせてくれることになっているんです」

「小紫さんの死んだわけね」

「ええ」

「調べるってどこで？」

　お国がきいた。

「『大菱屋』の楼主か内儀、あるいは遣《や》り手婆《てばば》にきくのだと思いますが」

「そう……」

　お国は暗い顔をした。

「何か」

「ぴん助さん、『大菱屋』の旦那に叱られたんだわ」

「そうですか」

新吉は落胆した。

「旦那に威されたら言うことを聞くしかないものね。逆らって見番から追い出されてしまったら」

お国は真剣な眼差《まなざ》しで、

「ぴん助さんを許してやって」

「いえ、わかります。あっしが無理なお願いをしたのがいけないんです」

『大菱屋』の楼主の不利になる真似をしたら、ぴん助は吉原で生きていけなくなるかもしれない。ましてや、以前にぴん助はお国と掟《おきて》破りをしているのだ。

「新さん。私が調べてみるわ」

「何か伝《つて》でも？」

「吉原時代の客の中に、その花魁のことを知っているひとがいるかもしれないから」

「そうしていただけますか」

「やはり、新さんは今でも小紫さんのことが？」

「あっしのせいで不幸な死なせ方をしてしまったと、胸が痛むんです。もし、仕置きで死んだのなら……」

新吉は言葉を切った。

「どうするつもり？」

「……」

「『大菱屋』の旦那《だんな》に仕返しを？」

「いけませんかえ」

新吉はきいた。

「いけないわ」

お国ははっきりと言った。

「新さんの気持ちはわかるけど、吉原には吉原の掟があるのよ。『大菱屋』の旦那だって、その掟にしたがってやったんだわ」

「だからといって」

「待って。楼主は忘八って呼ばれているの、知っているでしょう。仁、義、礼、智、忠、信、孝、悌《てい》の八つを忘れたひとでなしよ。でも、妓楼《ぎろう》はそういう男がやっているのよ。そういう人道に背くような者でなければやっていけないの。楼主の肩を持つわけじゃないけど」

　お国はため息をつき、

「だから、許せと」

「女郎は苦界に身を沈めたの。それから、折檻《せっかん》は旦那が直接手を出さないはずよ。女将《おかみ》さんか遣り手婆がやるのよ。まあ、命じるのは旦那だけど」

「……」

「小紫さんが折檻を受けたのはほとんど客をとらなくなっていたからじゃないかしら。体の具合が悪いとか理由をつけて」

「だからって、殺すまで痛めつけることはないはずだ」

「私はわかるわ。小紫さんの気持ちが」

「どうわかるんだ？」

　新吉はお国を睨《にら》みつけた。

「好きなひとともう二度と会えないと思うと、好きなひとのことだけしか考えられなくなっていったんだわ。だから、客と寝ても、心は別のところにある。客は怒る……」

お国は息を継いでから、

「楼主にとっては客を怒らせたら商売にならないもの」

「……」

「それをわかった上でやめた花魁に会いたいなら探しますよ。でも、小紫さんは新さんへの、いえ油木新次郎さまを思い続けて死んでいったのよ。私は小紫は好きなひとと最期までいっしょだったと思うの。きっと小紫さんは笑いながら死んでいったんじゃないかしら。仕合わせな最期だったのよ。そうは思えないかしら？」

「姐さん、わかった。あっしが間違っていた。さっきの頼みは忘れてくれ」

小紫は苦界に生きていたのだ。苦界に身を沈めなければならない女たちがいる限り、小紫のような不幸な女はこれからも出てくるだろう。それを考えると、五体が引きちぎられるほどの苦痛に襲われるが、楼主の陣十郎に復讐《ふくしゅう》をしたとて何の意味もない。

それより、お国が言うように、小紫は笑いながら死んでいったのだと考えよう。

新吉はそう自分に言い聞かせた。

「お国姐さん、ぴん助さんに会うことはありますかえ」

「いえ、ないわ」

「そうですかえ」

「伝えることがあれば敏八さんに頼んでやるけど」

「では、そう願えますか。小紫の件はけりがついたと。そうお伝えを」

「わかりました」

「では。あっしは」

新吉は礼を言い、土間を出た。

浅草御門を抜けて蔵前に差しかかった。新吉は、やはりつけられていると思った。さりげなく振り向くと、少し離れてひとりの侍がついてくる。そして、さらにその後ろにふたりいた。

新吉はそのまま西方寺に向かった。

山門の前で背後を窺《うかが》う。やはり、ついてきた。

新吉は境内に入り、本堂の脇にある供養塔に向かう。そして、遊女の共同墓の前に立った。

新吉は手を合わせ、

「すまない。これでひと区切りをつけさせてくれ」

と、小紫に詫《わ》びた。

ふと小紫の笑顔が頭に浮かんだ。笑いながら死んでいったというお国の言葉が蘇《よみがえ》る。小紫が許してくれたような気がした。

新吉は遊女の墓の前から離れた。

山門に向かいかけたとき、殺気を覚え、新吉は足を止めた。地を擦る音が聞こえた。新吉は横っ飛びに避《よ》けた。凄《すさ》まじい勢いで、白刃を構えた覆面の侍が駆け抜け、途中で足を止めて振り返った。

と、同時に横からも覆面の侍が現われた。そして、背後にもうひとり。

「浜町堀の屋敷からついてきたのだな。榎並さまの手の者か」

新吉は鋭くきく。

相手は答えず、正面の痩身《そうしん》の侍が八相から迫ってきた。新吉は腰を落として両手を広げて構える。

剣が眼前に迫った刹那《せつな》、新吉はすばやく腰を低く、白刃をかいくぐって相手に突進した。脇をすり抜けながら足蹴《あしげ》をした。しかし、相手は足蹴を避けて踏ん張り、体勢を立て直して向き直った。

新吉も行き過ぎてから立ち止まる。が、すかさず別の侍が斬り込んできた。新吉は横っ飛びに逃れた。そこに三人目の侍が剣を突き刺すように構えて向かってきた。新吉は身を翻して避けた。

　三人ともかなりの腕だ。

「この中に、横網町の長屋で伊佐吉を殺し、続いて第六天神宮で女衒《ぜげん》の簑助を切った者がいるな」

　新吉は三人をねめつけた。

　ひとりが上段から斬り込んできた。新吉は地を蹴り、素早く相手の懐にもぐり込み、振り下ろしてきた相手の腕を下からつかんだ。

　相手の動きが止まった。新吉は相手の腕をつかんだままひねった。相手の体がよろめいた。その隙に、剣を奪った。

　あっ、と侍が叫んだ。

「きさま、ただ者ではないな」

　痩身の侍がはじめて口をきいた。

「何奴だ？」

「箱屋だ」

「元は侍か」

覆面で顔が覆われているが、細面であることと目がつり上がっているらしいことはわかった。

「おまえさんだな。簑助と伊佐吉を斬ったのは？」

「……」

痩身の侍は正眼に構えた。あとのふたりは新吉の背後にまわった。

「五年前の秋、そなたは榎並卯三郎の供で国元へ行った帰り、松戸宿で簑助とおさわに会った。そして、おさわを上屋敷に連れ込んだ」

いきなり剣を振りかざし裂帛《れっぱく》の気合で斬り込んできた。新吉は剣を弾《はじ》くが、相手はなおも斬りつけ、新吉も応戦した。

横合いから隙を狙ってもうひとりの侍が襲いかかろうとしている。剣を失った侍はただ立ちすくんでいるだけだ。

そのとき、駆けてくる侍がいた。

走りながら抜刀し、

「助太刀いたす」

と、叫んだ。

横にいたふたりがさっとその侍の前に出て行った。

「向山さま」

新吉は叫んだ。向山五平太だ。

痩身の侍が新吉に斬り込んできた。新吉は剣を鎬《しのぎ》で受け止め、相手に接近した。

やはり、目はつり上がっている。

「なぜ、簑助と伊佐吉を斬った？」

押し合いながら、新吉はきいた。

「おさわはどこにいる？」

「……」

「上屋敷か。藩主の世話をしているのか」

「よけいな詮索《せんさく》は無用だ」

侍はそう言い、渾身《こんしん》の力で押し込んできた。新吉も押し返す。相手は踏ん張った。

新吉はふいに剣を流した。あいては前につんのめった。すかさず、峰を返して相手の肩を打ちつけた。

痩身の侍は刀を落としてうずくまった。

「これまでだ」

新吉は剣先を相手の喉《のど》に突き付ける。

「覆面をとってもらおう」

「……」

「とらぬなら」

新吉は剣を構え、相手の顔面を裂くように振り下ろした。やがて、覆面が二つに裂け、顔が覗《のぞ》いた。鷲鼻《わしばな》だった。

「そなただな。簑助と伊佐吉を殺したのは？」

「……」

「さあ、言うのだ。誰に頼まれた？　いや、命じられたのか」

侍は顔を上げた。

「言えぬ」

そう言うや、いきなり剣を拾って後方にのがれた。

「逃げるのか」

新吉は問いかける。

「いや」

そう言うや否や、侍は剣で自分の腹を突き刺そうとした。

「やめるんだ」

新吉は飛びかかって相手を押さえつけた。

「放せ」

「このまま死ぬのは卑怯《ひきょう》だ」

向山五平太が近づいてきた。五平太の相手の侍もうずくまっていた。いつの間にか、もうひとりは逃げだしていた。

「この者はどこかのご家中の者か」

五平太がきく。

「おそらく、常陸森藩石丸家の家中でありましょう」

新吉は剣を投げた。

「どうするのだ？」

「この者には女衒の簑助と伊佐吉を殺した疑いがかかっています。奉行所に引き渡します」

「死なせてくれ」

瘦身の侍は訴えた。

「仕方ない。行け」

「……」

「帰って、榎並卯三郎に状況を伝えよ」

新吉は侍を追い返した。

どこからか姿を消していた侍も現われ、自分の刀を持って三人は引き上げて行った。

「逃がしていいのか」

「奉行所に突き出しても無駄です。何も喋《しゃべ》らないでしょう」

新吉は言ってから、

「それより、向山さま。危ういところを助けていただきました」

と、改めて礼を言った。

「俺の出る幕などなかった」

「いえ、助かりました。でも、どうしてここに？」

「わからない」

「わからない？」

「ただ、そなたの意見を聞いて、よくよく考えてみた。やはり、大本は忠次郎だ。あの男が油木新次郎という間夫がいる小紫に懸想しなければ何事もなかったのだ。嫉妬《しっと》した忠次郎がすべていけなかったのだ。そう思ったら、小紫が不憫《ふびん》に思えてな」

「……」

「それで、気がついたらここに向かっていた。忠次郎に代わって小紫に詫《わ》びようとしたのだ。そしたら、そなたと出会ったというわけだ」

「そうでしたか」

「俺もこれで一区切りついた。これから新しい道を探すつもりだ。この歳になっても養子として迎えてくれるところがあればよし、なければどこぞの大身の旗本の家来になってもよいと考えている」

「そうですか。じつはあっしも小紫のことに区切りをつけるつもりでおりました。過ぎ去ったことをいつまでも引きずっていてはいけませんので」

「そのとおりだ。ただ、たったひとつだけ大きな悔いがある」

五平太は厳しい顔をした。

「悔いとはなんですかえ」

「そなたともっと早いうちに出会いたかった。それと……」

五平太は言いよどんだ。

「なんですね」

「忠次郎が人違いをせず、本物の油木新次郎を襲っていたらと考えるのだ。もし、そなただったら、決して忠次郎を斬らなかっただろう」

「……」

「言っても詮ないこと」

五平太は苦笑し、

「俺の進む道が定まったら、改めてそなたを訪ねる。そのとき、ゆっくり酒を呑《の》みながら語り明かしたい」

「へえ。お待ちしております」

寺の屋根の向こうに陽が落ちようとしていた。

新吉は急いで向島に引き上げた。

四

翌日の朝四つ（午前十時）過ぎ、扇太郎と伝八が新吉の家にやってきた。

「昨夜《ゆうべ》、使いが来たが」

「すみません。呼び立てたりしまして」

昨日、西方寺を出たあと、田原町の自身番に寄り、扇太郎への言伝《ことづて》を頼んだのだ。

さっそく、自身番の番人は使いを出してくれたようだ。

新吉は上がり框《がまち》まで出て、

「昨日、あのあと、案の定襲われました」

「ほんとうか」

「はい。三人の襲撃者のひとりが痩身《そうしん》の細面で目がつり上がって鷲鼻の侍でした」

「では？」

「簑助と伊佐吉を斬った侍に間違いありません。おそらく、あっしの襲撃に失敗をした三人は常陸森藩石丸家の上屋敷に逃げ込んだものと思われます」

「大名屋敷には踏み込めぬ」

扇太郎は口惜しそうに言う。

「榎並卯三郎の命令で動いたと思われますが、証《あかし》はありません」

「ならば、他に手立ては？」

「梶井さま。石丸越後守さまの次女松姫について何かわかりましたか」

「やはり、松姫は『興津屋』の嫡男のところに嫁ぐようだ」

「松姫はいくつで？」

「十七歳だ」

「十七歳……」

五年前は十二歳。おさわと同い年だ。

「松姫はどんな姫君なのですか。顔だちとか」

「美しい姫君だそうだ」

「そうですか」

新吉は自分の想像が外れていないことを確信した。

「ご家中の方々はこの縁組をどう思っていらっしゃるのでしょうか」

「面白く思っていないそうだ。石丸家は大金を借りている負い目から『輿津屋』の要求を拒めないんだろうということだ」

「榎並卯三郎どのについては何かわかりましたか」

「石丸家に四人いる用人のひとりだ。国元にふたり江戸詰めにふたり。松姫の縁組を取り仕切っているのが榎並卯三郎だ」

扇太郎は奉行所の与力から聞いてきた話をした。

「どうやら、見えてきましたね」

新吉はため息をついた。

「見えてきた？」

「はい。あとで甑右衛門さんに確かめてから、お話しいたします」

「そうか」

不満そうだったが、扇太郎は引き下がった。

「おそらく、上屋敷におさわはいるはずです。そして、簑助と伊佐吉を斬った侍も」

「よし、見張りをつけさせよう」

「それからお願いがあります。『興津屋』の甑右衛門に、今日の八つ半（午後三時）ごろ、箱屋の新吉が大事な話で訪れるので待っていて欲しいと伝えていただけませんか」

「よし、伝えておく」

「お願いいたします」

扇太郎と伝八は引き上げて行った。

昼間のお葉のお座敷が終わったあと、夕方までの一刻《いっとき》（二時間）余りで、小網町二丁目の『興津屋』を往復しなければならない。

また、茂助に船を出してもらい、『興津屋』に向かった。

「新さん。おさわが生きているってほんとうか」

櫓《ろ》を漕《こ》ぎながら、茂助はきいた。

「とっつぁん、これからそれをはっきりさせてくる」

新吉は厳しい顔で前方のうねるような波を見つめていた。

船着場に着き、陸《おか》に上がって、まっすぐ『興津屋』に向かった。

『興津屋』に着くと、すぐ客間に通された。

険しい顔で、翫右衛門がやってきた。

「梶井の旦那《だんな》から聞きました。何か、重大なことだとか」

目の前に座るなり、翫右衛門は身を乗り出してきた。

「はい」

新吉は頷《うなず》き、

「ご子息と石丸家の松姫との縁組のことです」

「何か障りがあるのか」

翫右衛門は眉根《まゆね》を寄せた。

「この縁組はどちらから言いだされたことでしょうか」

「私だ」

甑右衛門は胸を張って言う。

「どういうときにでしょうか」

「どういうときと言っても……」

「融資の話のときではありませんか」

「そうだ。五年前、石丸家が財政難に陥り、『興津屋』に助けを求めてきた。それまでに貸した金の返済もままならぬのにさらに大きな金額であった」

甑右衛門は顔をしかめ、

「だから、石丸家と『興津屋』が縁戚《えんせき》になればお貸ししましょうと言った。当時、江戸の上屋敷で、松姫さまにお会いした。まれにみる美しい姫君だ。私の倅《せがれ》の嫁に迎えたいと申し入れた」

「当時、松姫さまはお幾つでしたか」

「十二歳だ。わしの倅は十七。したがって、すぐというわけではなく、数年後のことだ」

「なるほど。で、石丸家の返事は？」

「江戸に出府している殿に相談してから返事をするということであった。それから秋になって、縁組の件で江戸から用人の榎並卯三郎さまが那珂湊までいらっしゃった。榎並さまは倅と会い、そして松姫が嫁入り後、どこで暮らすかなどを調べて引き上げられた」

「それが五年前の秋ですね」

「そうだ」

「で、その後、江戸からの返事がきた？」

「ええ、縁組が決まった」

「それでお金を貸したのですね」

「ええ、その後も増え、数万両になろうか」

甑右衛門は苦笑した。

「旦那は、石丸家が本心から『輿津屋』と姻戚《いんせき》関係になろうとしていると思いますか」

新吉は核心に触れた。

「それは一部では反対する者もいよう」

「一部だけでしょうか」

「……」

「いずれ、『輿津屋』は藩政にも口出しをするようになると危惧《きぐ》を抱く家臣もいるのではありませんか」

「そんな真似をすることはない」

「旦那はそうかもしれませんが、ご子息どのは嫁の実家である石丸家を下に見るようになるかもしれません」

「何が言いたいのだ？」

甑右衛門は顔色を変えた。

「石丸家は本気で松姫を『興津屋』に嫁がせようとしているのでしょうか」

「何をばかなことを言っているのだ。この五月に祝言を挙げることになっている。そこまで話が進んでいるのだ」

「旦那は江戸に出てきたとき、松姫さまにお会いなさるのですか」

「会う。縁組が決まってから毎年挨拶《あいさつ》に出向いている」

「今回も？」

「そうだ。挨拶に参上した」

「ご子息もお会いになったことは？」

「去年、はじめてお目通りした」

「ご子息は松姫をどうお思いなのでしょうか」

「満足そうだった。早く、嫁に迎えたいとせがむほどだ」

「妙なことをお伺いしますが、毎年お会いになっていて、松姫さまがお変わりになられたと思ったことはありませんか」

「変わった？　なぜ、そんなことをきくのだ？」

「どうでしょうか。少し印象が違うなと思ったことは？」

「……」

甑右衛門は首を傾げた。

「いかがでしょうか」

「いや、そのようなことはなかった。なぜ、そんなことをきく？」

と、はじめて不安そうな顔をした。

「さきほど、石丸家と『輿津屋』が姻戚関係になることに反対の者もいるというお話をしましたが、榎並さまはいかがでしょうか」

「榎並さまは最初は反対されていたが、今は違う。積極的に縁組の応援をしてくださっている」

「そうでしょうか」

新吉は異を唱えた。

「……」

甑右衛門は怪訝《けげん》な顔をした。

「落ち着いて、今までのことをお考えください。榎並さまの縁組に対する姿勢を」

「考えるまでもない。榎並さまは倅と松姫さまの祝言に向かっていろいろお骨折りなさっておられる」

「祝言はどちらで？」

「那珂湊の『興津屋』だ」

「すると、松姫さまは前もって江戸を発《た》たれるわけですね」

「そうだ。『興津屋』の別荘で、祝言の日まで過ごしていただく」

「そこには石丸家のご家来や女中も滞在するのですね」

「当然だ」

「榎並さまは輿入《こしい》れ後の松姫さまの暮しを気にかけていらっしゃると思うのですが、何か榎並さまからご注文はなかったのでしょうか」

「注文？」

「たとえば、松姫さまがお住まいになる住居についてのご注文とか、松姫さま付きの女中もいっしょに暮らすとか」

「榎並さまは、嫁いでいくのであるから、すべて『輿津屋』の仕来りに合わせるべきと、松姫さまに説いているそうだ」

「大名のお姫さまの輿入れとはそんなものでしょうか」

新吉は疑問を呈する。

「幼いころより常に身の回りの世話をする者がいた暮しをしてきた姫君が、まるで裸一貫で嫁入りするような感じがします」

「そのことは私も気にしていたが、榎並さまはさして気にされていなかった」

甑右衛門は少し間を置いてから、

「新吉さん」

と、少し問い詰めるようにきいた。

「おまえさんの話を聞いていると、今度の縁組を歓迎していないように感じるのだが、違うか」

「いえ、歓迎していないのは榎並さま、いえ石丸家全部だと思います」

「なにをばかな」

甑右衛門は薄ら笑いをした。

「何も知らないおまえさんが、どうしてそんなことを言えるのだ。こんなことを言うのもなんだが、たかが箱屋風情のおまえさんが」

　甑右衛門の態度が変わった。

「よいかね。おまえさんがお葉に仕えている箱屋だから、私はおまえさんとこうして面と向かっているのだ。お葉がいなければ、おまえさんなど門前払いだ」

「へえ、よく承知しております。たかが箱根の分際で出過ぎた真似をしたことは謝らせていただきます」

　新吉は頭を下げてから、

「こうなったらはっきり申し上げます。じつはあっしはおさわという娘を捜しているのです」

「私には関係ない」

「旦那《だんな》、どうかお聞きください」

　新吉は訴えた。

「おさわは取手の先にある村に住んでいたおさんという女の娘です。器量のいい娘だったようです。おさんは五年前の秋、吉原の女衒《ぜげん》の簑助という男におさわを身売りしました。去年、おさんが娘会いたさに吉原の遊廓《ゆうかく》に行ったところ、おさわはいなかったのです。それで、簑助にきいたところ、松戸宿で強盗に襲われて殺されたと言ったそうです。でも、調べたら、松戸宿で五年前の秋にそんな騒ぎはなかったんです」

甑右衛門は厳しい顔つきになった。

「あっしはおさんさんのためにおさわの行方を捜そうと、女衒の簑助を訪ねました。やはり、簑助はしらを切りました。ところが、その夜、ご承知のように、柳橋の第六天神宮の境内で簑助は殺されました」

「……」

「簑助は第六天神宮に行く前に、『船政』の女中に『輿津屋』の旦那が来ているかをきいているのです。続いて、何かをききたそうでしたが、客が現われたためにそのまま引き上げたそうです。おそらく、簑助は自分を呼び出した人物のことをきこうとしたのではないでしょうか」

新吉は甑右衛門の顔色が変わったことに気づいた。

「簑助は旦那のことを知っていた。なんででしょうか。それより、なぜ、簑助は殺されたのか。簑助はあることでその人物を恐喝していたのです。あることとは何か」

新吉は甑右衛門の反応を窺《うかが》うように間をとって続けた。

「榎並さまの家来に、瘦身《そうしん》で目がつり上がって鷲鼻《わしばな》の侍がいるかどうかわかりますか」

「いつも供についている侍だ」

甑右衛門は答えた。

「では、五年前の秋、榎並さまが那珂湊まで来られたときも供をしていたのですね」

「いっしょだった。その侍がどうかしたのか」

「簑助を殺した疑いがかかっています」

「……」

「五年前の秋、簑助はおさわを連れて松戸宿に差しかかった。そこで、ある武士の一行といっしょになっているのです。簑助はおさわを吉原に連れて行かず、その武士とある屋敷に行ったのです」

「その武士が榎並さまだと言うのか」

甑右衛門の声が震えた。

「そうです。時期も同じです。榎並さまはおさわを簑助から買いもとめたのです。吉原に売る倍以上の金で」

「榎並さまがそんなことをするはずがない」

「おそらく、おさわが松姫さまに似ていたのでしょう」

「似ていた？　どういうことだ？　まさか……」

衝撃からか、翫右衛門の声がかすれた。

「旦那。そのことをはっきりさせるために、あっしを榎並さまに会わせてくれませんか。榎並さまをここに呼んでいただきたいのです」

「なんてことだ」

苦しそうに顔を振り、翫右衛門は言った。

「わかった。だが、おまえさんが間違っていたら、ただではすまない。よいな。それから、私から榎並さまに訊《たず》ねる。おまえさんは隣の部屋で控えているのだ」

「わかりました。でも、いざというときは出て行きます」

「いいだろう」

ようやく核心に近づけると、新吉の胸は高鳴っていた。

五

ふつか後の昼下がり、榎並卯三郎が『興津屋』を訪れた。

客間に通された卯三郎は端然と腰を下ろし、甑右衛門と差向いになった。新吉は隣の部屋に気配を消して控えていた。

「祝言のことで急ぎの用だとか」

卯三郎が口を開いた。

「はい。向島の箱屋の新吉を覚えておりますか」

「知っている」

「じつは新吉が妙なことを申しまして」

「妙なこととは？」

「五年前、吉原に売られるはずだったおさわという娘を榎並さまが手に入れ、石丸家の上屋敷に連れて行ったと」

「ばかめ」

卯三郎は吐き捨てた。

「先日もわしにそのようなありもしない話をしてきた。正気とは思えぬ」

「しかし、気になることがございます」

「なにか」

「五年前、おさわは十二歳、松姫さまと同い年。おさわも器量のよい娘だったそうです。新吉が言うには、おさわを松姫さまに仕立てて『輿津屋』に輿入《こしい》れをさせる魂胆だとか」

「ばかばかしい。翫右衛門どのはそのような戯言《たわごと》を信じておられるのか」

「もちろん、信じたくはありませんが」

翫右衛門はため息をつき、

「ご家中に『輿津屋』と姻戚《いんせき》関係になることに反対する者も多いとか。榎並さまもそのおひとり」

「わしがこの縁組に尽力してきたことは承知しているはずだ」

「松姫さまに仕立てたおさわとの縁組では？」

「翫右衛門どの。よく考えられよ」

そう言い、卯三郎は翫右衛門に迫った。

「おさわという娘が器量がよいというなら、それなりな装いをすれば松姫になりきることは出来よう。だが、それは長続きはせぬ。輿入れ後、それほど日を経ずして化けの皮が剝《は》がれるはずだ」

「しかし、おさわを手に入れてから五年。その間、十分に教え込むことが出来ましょう」

「いや、貧しい家の娘が大名の姫君の暮しまで真似が出来るはずない。いずれ、ばれる。わしがそのような愚かな真似をすると思われるか」

「確かに」

翫右衛門は納得したように答えた。

「わかっていただけたか」

卯三郎が勝ち誇ったようにきいた。

新吉は襖《ふすま》を開けた。

「やっ、おぬしは」

卯三郎が眦《まなじり》を決した。

「いらぬことを翫右衛門どのに吹き込み、どんな魂胆があるのだ?」

「新吉。なぜ、出てきた?」

翫右衛門が強い声で言う。

「旦那《だんな》。榎並さまは肝心なことを隠していますぜ」

「なんだ？」

甑右衛門がきいた。

「榎並さま。あなたにはもうひとつの仕上げがあるじゃありませんか」

新吉は卯三郎に顔を向けた。

「なんのことだ？」

「おさわを事故に見せかけて殺すことですよ」

「ばかな」

卯三郎があわてた。

「なんでそのような真似をしなければならぬのだ？」

「今、榎並さまが仰《おつしや》った理由ですよ。事故死をしてくれたら、化けの皮が剝がれる心配はなくなりますからね」

「でたらめを言いおって」

「もうひとつ理由があります。祝言の前までに殺すことです」

「なぜだ？」

甑右衛門が口を入れた。

「旦那。石丸家は『興津屋』と姻戚関係を持ちたくないのですよ。金の力で、どんどん藩政に口出しするようになってくる。婚姻がそのきっかけになる。だから、その前に松姫ことおさわを」

「なにを申すか」

卯三郎は憤然とした。

「祝言の日まで、松姫さまは『興津屋』の別荘で過ごされるそうですね。そこには石丸家の家来も警護のために泊まり込んでいる。祝言の日までに、何かが起きる……」

「ばかな。何が起きると言うのだ？」

「たとえば火事で、松姫さまが焼死する。あるいは強盗が押し入り、松姫さまを殺害する。散策中に海に転落したことにしてもいい」

「……」

「そのためにおさわを松姫さまの身代わりに仕立てたのです。祝言の前に松姫さまがいなくなれば、姻戚関係も成り立たず、不慮の事故であれば、石丸家に責任は及ばない」

「出《で》鱈目《たらめ》を言いおって、許さぬ」

卯三郎が片膝《かたひざ》を立てて刀を手にした。

「榎並さま。落ち着いてください」

新吉は卯三郎を制し、

「女衒《ぜげん》の簑助はこのことに気づいて、榎並さまを強請《ゆす》っていたのではありませんか。応じなければ『輿津屋』の旦那に告げると」

卯三郎は口をわななかせた。

「三月十六日の昼間に訪ねてきた簑助に、夜に柳橋に行く用事があるからと言い、第六天神宮で待つように告げた。そこで、家来の目がつり上がって鷲鼻《わしばな》の侍に命じて……」

「いい加減にせい。なにもかも出鱈目だ」

「その侍はあっしを襲いましたぜ」

「……」

「『輿津屋』の旦那はあっしの話をどう思いますね」

新吉は翫右衛門に目を向けた。

翫右衛門の顔面は蒼白《そうはく》になっていた。

「榎並さま。まさか、そのような企《たくら》みが……」

「甑右衛門。こんな下郎の言うことを真に受けるのか」

卯三郎は甑右衛門に食いつくように言った。

「榎並さま。あっしの言い分が出鱈目かどうか、おさわの母親と松姫さまを引き合わせていただけませんか。旦那、いかがです？」

「そうだ。そうしていただきたい」

甑右衛門も卯三郎に迫った。

「姫君をそんな卑しい女と会わせるわけにはいかぬ」

「卑しいですと？　おさわの母親です」

新吉は言い返し、

「どうか、お逃げにならずに」

「逃げてはおらぬ」

「榎並さま。もはや、おさわを松姫に仕立てての輿入《こしい》れは出来ません。このままでは旦那が承知しますまい。こうなったら、あなたさまがとるべき道はふたつしかありません。ひとつは、潔く、すべてを認めること」

新吉はさらに続ける。

「もうひとつは、本物の松姫を『興津屋』に嫁がせること」

卯三郎はうっと呻《うめ》いた。

「榎並さまは私を騙《だま》して金を巻き上げたのですか」

「……」

「本物の松姫を『輿津屋』に寄越《よこ》してください。さもなければ今回の話はなかったことに。破談です。となれば、お貸しした数万両の金、早急に返していただきます る」

甑右衛門は顔を紅潮させて言う。

「松姫を『輿津屋』に嫁がせることなど出来ますまい。家中がこぞって反対しているからです」

新吉は口をはさんだ。

「石丸家は『輿津屋』を愚弄《ぐろう》しなすっているのか」

甑右衛門が眦を決した。

「旦那」

新吉は口調を改めた。

「もとはといえば、旦那が大名の姫君を嫁に望んだことに端を発しているんですぜ。

金の力で何もかも支配しようとする姿勢が石丸家に警戒心を呼び起こしたのです。

嫁の次にはこんどどんな要求があるか、いずれ藩政にも口出しするようになる。そう恐れるのも無理からぬこと」

「……」

甑右衛門は目を剝《む》いている。

「第一、旦那は松姫さまの身を案じたことはありますか。武家の家に生まれ、育った姫君が商家の嫁になって仕合わせに暮らしていけるとお思いですか。ご子息とて、気を使いながらの姫君との暮しに満足出来ましょうか。すべて、旦那の見栄《みえ》から出ていることではありませんか。金を貸す代わりに姫君を嫁になどとはまったくもって身勝手な考え。松姫さまの気持ちをないがしろにしています。このたびの件、旦那にも責任の一端はあります。ある意味、榎並さまは追い込まれていたのです」

新吉はきっぱりと言い切った。

「あっしがこんなことを言うのはおこがましいですが、この縁組は破談。ただ、金の返済は急に求めても無理でしょう。そして、榎並さまにはおさわを母親のもとに返してあげていただきたい」

しばらく沈黙が流れた。

それを破ったのは卯三郎だった。

「新吉、そなたの言うとおりだ」

卯三郎は重たい口を開いた。

「五年前の秋、那珂湊の『興津屋』で縁組の申し入れを受けて江戸への帰り、松戸宿でおさわを見かけた。松姫さまにそっくりだった。連れの男にきくと、吉原に連れて行くところだという。だから、その倍の金で譲り受けた。しかし、簑助はわしの企みに気づき、黙っているからと金を要求するようになったのだ」

「その強請りに伊佐吉という男も関わっていたのですね」

「そうだ」

「祝言の前に、松姫になったおさわを事故に見せかけて殺そうとしたのは間違いありませんか」

「違う。そのような酷《むご》いことはせぬ。じつは松姫さまは……」

卯三郎は目を閉じた。そして、大きく息を吐いてから目を開けた。

「松姫さまは四年前にお亡くなりになられた」

「えっ、なんですって」

新吉は息が出来ないほどの衝撃を受けた。

「もともと病弱でな。医者からも長生きは出来ないと言われていたのだ」

「……」

「甑右衛門から、金を借りる条件に松姫さまとの縁組を持ち出されていた。しかし、縁組の約束は出来なかった。そんなときに、おさわと出会ったのだ。おさわは素直ないい娘だった。松姫さまとも仲良くなり、殿や奥方からも可愛がられた。松姫さまは一年後に亡くなられたが、そのとき、おさわは泣きじゃくっていた」

卯三郎はやりきれないように言い、

「殿も奥方も悲しみにうちひしがれたが、おさわが慰めになった。おさわは松姫さまの身代わりになる決心をしてくれたのだ」

「そうだったんですかえ、松姫さまはお気の毒でしたが、おさわさんはお屋敷で大事にされていたんですね」

新吉はしみじみと言った。

「松姫さまとして育てた。だが、おさわには酷なことであったであろう」

「榎並さま」

新吉は訴えた。

「あっしとしてはおさわさんを母親に会わせてあげたいのです。それだけです」

「わかった。ここで会わせよう」

卯三郎は言い、甑右衛門も頷《うなず》いた。

帰りの船で、新吉は茂助にすべて片がついたことを告げ、おさんに娘が見つかったと伝えるように頼んだ。

茂助はおさわが見つかったことを我が事のように喜んでいた。

数日後、茂助の船に新吉とおさんが乗っていた。

「ほんとうにおさわが見つかったのですね」

おさんは何度も同じ言葉を繰り返していたが、『輿津屋』の客間で美しい娘に成長したおさわを見て茫然《ぼうぜん》としていた。

客間には甑右衛門と榎並卯三郎。そして、おさわが待っていた。

言葉を失っているおさんに、

「おっかさん」

と、おさわが駆け寄った。

「おさわ」

おさんが泣き崩れた。

しばらく、ふたりは労《いたわ》りあっていたが、甑右衛門が口を開いた。

「新吉」

「へい」

「石丸家とは正式に破談になった。何の遺恨もない」

「そうですか。それはようございました」

「おさわの今後のことだが、石丸家に今度は女中として奉公するもよし、自由になって母親と暮らすのもよい」

卯三郎が目を細めて言った。

「おさわさん、おまえさんは松姫として那珂湊に行くつもりだったのかね」

甑右衛門がきいた。

「はい。松姫さまのお役に立てればと思っておりました。松姫さまにはとてもよくしていただきましたから」

「どうだね。改めて、おさわとして『興津屋』に嫁にこないか」

「旦那《だんな》、それは本気で？」

思わず、新吉は口をはさんだ。

「本気だ。おまえさんに言われ、目が覚めた。そのとき、おさわに来てもらうのが一番いいと。倅《せがれ》も気に入っていたからね。もちろん、おさわさんの気持ち次第だが」

「もったいない」

　おさわは呟《つぶや》いた。

「どうだね。おっかさんといっしょに那珂湊で暮らそう。いいところだ。おさんさんはどうだ？」

「旦那。そんな夢のような」

「ふたりでよく考えて返事をしてくれ」

「では、あっしはこれで」

　新吉は挨拶《あいさつ》をして廊下に出た。

「新吉」

　卯三郎が呼び止めた。

「今度の件で一段落したら、わしは責任をとるつもりだ。新吉、そなたのお蔭《かげ》で最悪の事態を避けることが出来た。礼をいう」

「いえ、差し出がましい振る舞いをお許しください。それから、命だけはお大事に」

　腹を切るような真似はやめるように遠回しに言った。

「わかっている。我が殿にそなたのような男がついていたら……」

「恐縮です」

新吉は頭を下げて卯三郎と別れた。


帰りの船は、新吉と茂助だけだった。

「おさんさんは今夜はおさわさんと『興津屋』で泊まることになった」

「おさんさん、さぞかし喜んだだろうな」

茂助も笑みを浮かべ、

「これからどうするんだろう」

と、気にした。

「那珂湊に行くことになるかもしれない」

「那珂湊に？」

「『興津屋』に嫁入りだ。おさんさんもいっしょに行くだろう」

「……」

茂助から返事がなかった。

おさんが向島から去って行く。そのことが茂助を寂しくさせているのだ。

しばらく無言で波に揺れて、吾妻橋をくぐってからだんだん土手のほうに船が寄って行く。

お葉の待つ向島に船はゆっくり近づいていた。小紫の件も一区切りついた。これから、新たな気持ちでお葉と向き合っていくのだと新吉は近づいていく三囲神社の鳥居を見ていた。

本書は書き下ろしです。

向《むこう》島《じま》・箱《はこ》屋《や》の新《しん》吉《きち》

梅若《うめわか》の涙雨《なみだあめ》

小《こ》杉《すぎ》健《けん》治《じ》

令和３年　４月25日　初版発行

発行者●堀内大示

発行●株式会社KADOKAWA
〒102-8177　東京都千代田区富士見2-13-3
電話　0570-002-301（ナビダイヤル）

角川文庫 22644

印刷所●株式会社暁印刷
製本所●本間製本株式会社

表紙画●和田三造

●お問い合わせ
https://www.kadokawa.co.jp/（「お問い合わせ」へお進みください）
※内容によっては、お答えできない場合があります。
※サポートは日本国内のみとさせていただきます。
※Japanese text only

ISBN 978-4-04-111074-4　C0193

◇◇◇

角川文庫発刊に際して

角川源義

第二次世界大戦の敗北は、軍事力の敗北であった以上に、私たちの若い文化力の敗退であった。私たちの文化が戦争に対して如何に無力であり、単なるあだ花に過ぎなかったかを、私たちは身を以て体験し痛感した。西洋近代文化の摂取にとって、明治以後八十年の歳月は決して短かすぎたとは言えない。にもかかわらず、近代文化の伝統を確立し、自由な批判と柔軟な良識に富む文化層として自らを形成することに私たちは失敗して来た。そしてこれは、各層への文化の普及滲透を任務とする出版人の責任でもあった。

一九四五年以来、私たちは再び振出しに戻り、第一歩から踏み出すことを余儀なくされた。これは大きな不幸ではあるが、反面、これまでの混沌・未熟・歪曲の中にあった我が国の文化に秩序と確たる基礎を齎らすためには絶好の機会でもある。角川書店は、このような祖国の文化的危機にあたり、微力をも顧みず再建の礎石たるべき抱負と決意とをもって出発したが、ここに創立以来の念願を果すべく角川文庫を発刊する。これまで刊行されたあらゆる全集叢書文庫類の長所と短所とを検討し、古今東西の不朽の典籍を、良心的編集のもとに、廉価に、そして書架にふさわしい美本として、多くのひとびとに提供しようとする。しかし私たちは徒らに百科全書的な知識のジレッタントを作ることを目的とせず、あくまで祖国の文化に秩序と再建への道を示し、この文庫を角川書店の栄ある事業として、今後永久に継続発展せしめ、学芸と教養との殿堂として大成せんことを期したい。多くの読書子の愛情ある忠言と支持とによって、この希望と抱負とを完遂せしめられんことを願う。

一九四九年五月三日